Lydia Hauenschild

Geboren 1957 in Deggendorf. Abitur an einem mathematisch-naturwissenschaftlichen Gymnasium. Anschließend Studium der Agrarwissenschaften in Göttingen. Vierjährige Berufstätigkeit auf einem landwirtschaftlichen Betrieb in Niedersachsen.
1985 Geburt der Kinder (Zwillinge). Hauptberuf: Mutter und Hausfrau. Nebenberufe: Autorin, freie Dozentin an der Kreisvolkshochschule Bad Dürkheim zum Thema »Erziehungsprobleme bei Zwillingen«, gelegentliche Rezensionen von Kinder- und Jugendbüchern für die »Rheinpfalz«, regelmäßige Mitarbeit in der Zentralbücherei Grünstadt-Land, Dirmstein.

Publikationen:

Zwillinge – die doppelte süße Last (1988)
Wann trägt man als Mutter schon Seidenstrümpfe? (1989)
Ohne Netz und doppelten Boden – Vom Umstand, mit Anstand Mutter zu sein (1991)

Erlebnis Wissen

LYDIA HAUENSCHILD

Wie kommt die Farbe in die Jeans?

Zufälle in der Wissenschaft

ENSSLIN & LAIBLIN VERLAG REUTLINGEN

BILDNACHWEIS

Umschlaggestaltung von Klaus Steffens (Umschlagfigur: Adolf von Baeyer).

Innenteil: Seite 12 (Archiv der Autorin). – Seite 19 (Archiv für Kunst und Geschichte). – Seite 5, 116, 117, 120, 123, 124 (BASF). – Seite 61, 83, 84, 127, 139, 144, 153, 155 (Deutsche Presse-Agentur). – Seite 10, 13, 17, 31, 33, 35, 37, 39, 40, 41, 43, 45, 46, 48, 49, 54, 56, 57, 58, 63, 68, 85, 86, 87, 92, 94, 96, 99, 105, 107, 109, 111, 112, 114, 115, 131, 143, 151 (Deutsches Museum). – Seite 9, 11 (Ensslin-Verlagsarchiv). – Seite 113, 118, 121 (Hoechst AG). – Seite 25, 26 (Roger-Viollet). – Seite 71, 80, 136, 146 (Ullstein Bilderdienst).

 Satz: ensslin-typodienst. Reproduktion: Umschlag – Gröning GmbH, Ditzingen / Innenillustrationen – ensslin-typodienst. Gesamtherstellung: Ebner Ulm. Printed in Germany.
ISBN 3-7709-0810-4

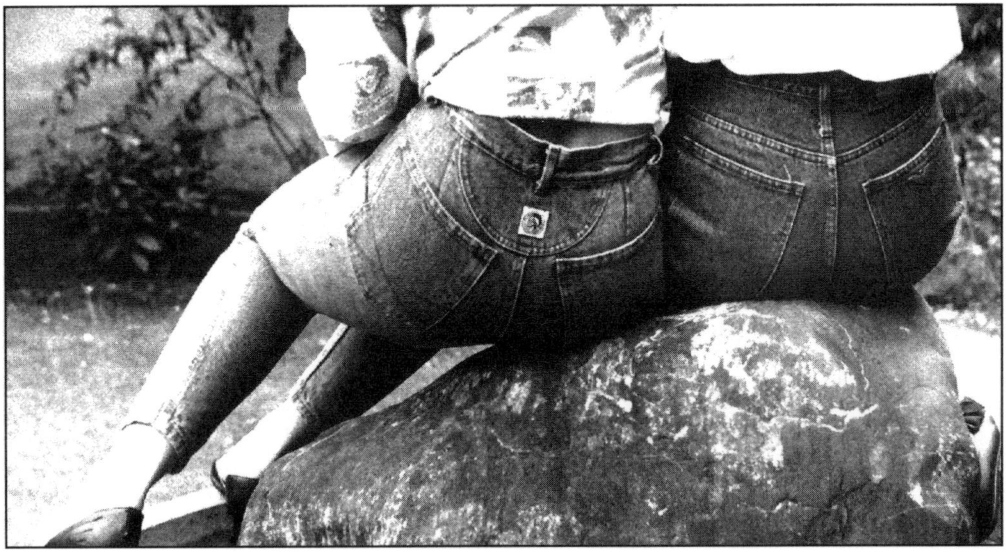

INHALT

»ZUFALL IST DAS PSEUDONYM . . .

. . . *vom lieben Gott, wenn er inkognito bleiben will«*, scherzte einmal der berühmte Albert Schweitzer und hinterließ uns damit die vielleicht netteste Beschreibung dessen, was allen Menschen zuweilen im Alltag begegnet.
Zufällig treffen wir in der Stadt einen guten Freund, zufällig schalten wir das Radio gerade in dem Augenblick ein, in dem die ersten Takte unseres Lieblingssongs erklingen – oder wir laufen nachmittags im rappelvollen Schwimmbad dem Lateinlehrer über den Weg, auf dessen Unterricht wir morgens wegen starker Übelkeit leider verzichten mußten. Dies ist dann ein sogenannter dummer Zufall.
Schlägt man im Lexikon nach, so ist der Zufall – egal ob nun »dumm« oder »glücklich« – *»allgemein der Inbegriff für alles, was nicht als notwendig oder beabsichtigt erscheint oder dessen Eintreten durch keinen (unmittelbar) erkennbaren bzw. nachweisbaren Grund bewirkt wird«*.
In etwas schlichteren Worten bedeutet dies: Der Freund, der Lieblingssong und auch der knöcherne Lateinlehrer in Badehose, sie alle gehören zu den Überraschungen des Lebens, die kein Mensch so vorhersagen konnte.
Doch nicht nur in unserer Freizeit geschehen gelegentlich Dinge, die nicht *»notwendig in dieser Weise«* hätten erfolgen müssen, wie es weiter im Lexikon heißt.
Auch die Wissenschaftler waren (und sind) nie davor sicher, in ihren Reagenzgläsern, Petrischalen oder wo sonst auch immer bei ihrer Arbeit Vorgänge zu erleben, die nicht geplant waren. Zufälle eben. Und von einigen der berühmtesten unter ihnen will dieses Buch erzählen.
Wir werden dabei sehen, daß der Zufall in der Wissenschaft nicht in allen Geschichten im wahrsten Sinne des Wortes am Anfang steht. Sicher – manchmal leitete er eine neue Entwicklung ein, weil er einen Forscher ganz zwanglos mit der Nase auf ein Rätsel stieß, das es dann in gedul-

diger Arbeit zu enthüllen galt. Meist aber bildete der Zufall das berühmte Tüpfelchen auf dem i, das einem Wissenschaftler nach einer elenden Durststrecke vergeblicher Versuche zum ersehnten Durchbruch verhalf.
Und ab und an hatte der Zufall seine Hand sogar kräftiger im Spiel, als es friedliebenden Menschen recht sein kann, denn er besaß die Frechheit, von einem Augenblick zum anderen alle bis dahin bekannten Forschungsergebnisse mit kühnem Schwung über den Haufen zu werfen.
Aber egal, wann und wie der Zufall in die Forschung eingriff: er alleine war nie das Entscheidende einer Entdeckung. Denn was nützt der schönste Zufall, wenn die Kenntnisse der Wissenschaften noch nicht weit genug gediehen sind, um ihn nutzen und bewerten zu können? Ja, die Zeit mußte »reif« sein, wie es so schön heißt.
Zum anderen aber hätte jeder noch so große Zufall selbst zur überreifen Zeit wohl zu nichts geführt, wäre er nicht klugen Köpfen widerfahren, die ihre Beobachtungen nicht mit einem Schulterzucken abtaten, sondern über sie nachdachten. Ein wenig Ahnung von der Sache war dabei auch nicht schädlich. Daß das Glück in der Forschung *»nur den vorbereiteten Geist«* begünstigt, erkannte immerhin schon Pasteur, der es wissen mußte, weil auch ihm der Zufall unter die Arme griff (wovon später noch ausführlich die Rede sein soll).
Und so ist diese Geschichte zufälliger wissenschaftlicher Entdeckungen zugleich eine kleine Reise durch die Zeitgeschichte und das Lebenswerk der Menschen, die es verstanden, ihren Zufallsbeobachtungen einen Sinn zu geben. Der Zufall, diese Gunst des Augenblicks, drehte eben vielfach nur den Schlüssel im Schloß und öffnete damit den Entdeckern die Tür. Doch ist diese *»Schlüsselrolle bei der Geburt«* uns heute selbstverständlicher Dinge wie des Stethoskops oder der Photographie es wert, einmal ins rechte Licht gerückt zu werden.

INS REICH DER KLEINEN BIESTER

Anton van Leeuwenhoek entdeckt die Mikroben

Anton van Leeuwenhoek, der bescheidene Bürger seiner Geburtsstadt Delft, war mit Sicherheit nicht der erste Mensch, der die Idee hatte, ein Mikroskop zu bauen. Nein, als er 1632 das Licht der holländischen Windmühlenidylle jener Zeit erblickte, waren bereits viele vor ihm von dem Wunsch besessen gewesen, sehr kleine Dinge genauer betrachten zu können, als dies mit bloßem Auge möglich war. Denn neugierig waren die Menschen schon immer. Und so hatten einige der neugierigsten unter ihnen begonnen, voller Eifer an Glasteilchen herumzuschleifen, sich diese immer wieder vor das Auge zu halten und sich schließlich darüber zu freuen, wenn sie eine Mücke oder einen Floh um einiges größer vor sich sahen, als es die Natur normalerweise gestattete. Schon bald wurden diese *»Floh- und Mückengläser«* auf vielen Jahrmärkten feilgeboten.

Fernrohr Galileis.

Vor allem im 17. Jahrhundert begannen sich viele Gelehrte mit den geschliffenen Linsen jedoch ernsthafter zu beschäftigen. 1610 baute der große Galilei, der bis dahin mit seinem Fernrohr bekanntlich den Himmel nach Wissenswertem abgesucht hatte, eines dieser Instrumente so um, daß er damit sehr kleine Gegenstände stark vergrößern konnte. Andere Wissenschaftler folgten diesem Beispiel. Meist fertigten sie sich dabei ihre Glaslinsen selbst, betrachteten durch sie Bienenstachel oder Blütenteile und zeichneten die Dinge, die sie sahen, getreulich ab.
Nichts anderes machte Leeuwenhoek. Nichts anderes? Nun, zumindest kaum etwas anderes. Nur noch eifriger. Den ganzen lieben langen Tag und die halbe Nacht pflegte er in seiner kleinen Kammer sitzend zu schleifen, zu polieren und zu betrachten. An sich war Anton van Leeuwenhoek ja Besitzer eines kleinen Kramwarenladens, was da-

Ein Leben als Kaufmann war nichts für ihn . . .

mals ein einträglicherer Beruf war, als es uns heute scheinen mag. Doch sein gutgehendes Geschäft interessierte den sonderbaren Mann kaum. Mochte sich seine Tochter Maria, das einzige seiner vielen Kinder, das am Leben geblieben war, darum kümmern, daß die Kundinnen Pfeffer und Salz in ihren Einkaufskörben verstauen konnten. Er selbst zog es vor, seiner für einen Kaufmann reichlich ungewöhnlichen Leidenschaft nachzugehen und Vergrößerungsgläser herzustellen.
Wie Leeuwenhoek zu dieser Liebhaberei gekommen war, vermag wohl niemand mehr zu sagen. Manche nehmen an, daß der Kaufmann durch den Fadenzähler der Tuchmacher, der dazu diente, die Fäden der Stoffe auszuzählen und so ihre Qualität zu prüfen, auf die Idee gebracht worden war, auch andere Dinge des Alltags größer betrachten zu wollen. Und bald hatten Leeuwenhoek selbst die teuersten Gläser der besten Brillenmacher Delfts nicht mehr genügt. Was sollte man mit einer zehnfachen Vergrößerung auch schon groß betrachten! Das mochte gerade einmal für Kurzsichtige genügen, um lesen zu können!

Galileo Galilei, italienischer Mathematiker, Philosoph und Physiker, 1564–1642.

Nein, bessere Gläser mußten her. Während Maria im Laden stand, besuchte der Vater die Glasschleifer in ihren Werkstätten und schaute ihnen bei der Arbeit zu.
Leeuwenhoek war rasch davon überzeugt, bessere Linsen herstellen zu können als all diese geehrten Handwerker Delfts. Und so saß Leeuwenhoek also nun Tag für Tag, Jahr um Jahr vornübergebeugt auf seinem Schemel und bearbeitete kleinste Glasteilchen. Nicht größer als drei Millimeter im Durchmesser waren die winzigen Linsen, die der sorgfältige Mann in seinen immer geschickter werdenden Fingern hin und her bewegte und immer wieder mit einem sauberen Leintuch abwischte.
Schließlich gelang es Leeuwenhoek, die feinsten Glaslinsen ganz Hollands herzustellen. Sie vergrößerten die Dinge hundertfünfzigfach, ließen aus einer kleinen Stubenfliege ein Ungeheuer werden, aus einem Staubkorn zerklüftetes Gebirge. Leeuwenhoek war glücklich. Wo er ging oder stand, sammelte er Dinge, die er später unter eines seiner selbstgefertigten Mikroskope legen wollte. Nichts war ihm zu unbedeutend, um genau betrachtet zu werden. Schieß-

Zeichnungen Leeuwenhoeks der »kleinen Tierchen«, wie er sie aus Proben seines Zahnbelags unter dem Mikroskop beobachten konnte.

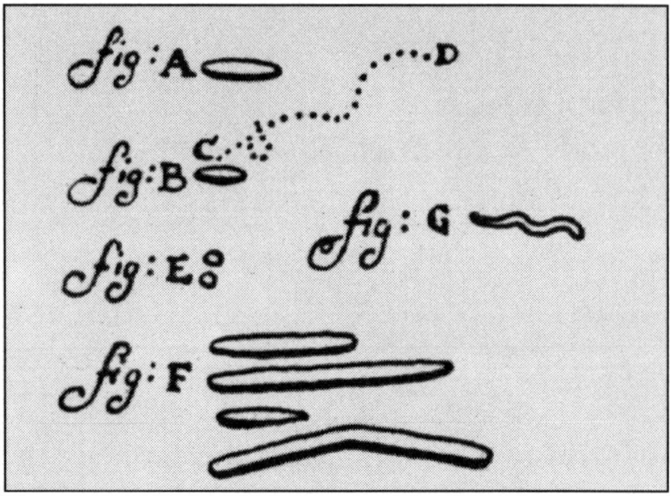

pulver, Schmutz seiner Haut, Vogelfedern, Fischschuppen und noch vieles mehr untersuchte der mittlerweile Vierzigjährige immer und immer wieder. Und ohne von den großen Gelehrten jener Zeit das geringste zu wissen, fertigte Leeuwenhoek, wie diese, genaueste Zeichnungen der Dinge an, die ihm unter seinem Mikroskop selbst ihre feinsten Einzelheiten nicht mehr verbergen konnten.

Ja, Leeuwenhoek, der nur die einfache Schule des Städtchens Delft besucht hatte, war aus eigenem Antrieb heraus zum Wissenschaftler geworden.

Die Delfter indes belächelten ihren »verrückten« Kramwarenhändler. Doch sollten sie nur. Leeuwenhoek kümmerte sich schon lange kaum mehr um die Meinung der Leute. Ihn interessierte nur noch eines: immer bessere Linsen zu schleifen, um immer mehr sehen zu können.

Und genau diese Besessenheit war es, die Leeuwenhoek durch Zufall jene Entdeckung machen ließ, die sogar ihn zunächst mit Entsetzen erfüllen sollte ...

Leeuwenhoeks Beobachtungsdrang war im Laufe der Jahre tatsächlich geradezu krankhaft geworden. Nun gut, Haa-

re, Ohrenschmalz, meinetwegen auch Schnupfenschleim, das kann man ja noch verstehen. Aber welcher vernünftige Mensch würde wohl so etwas Uninteressantes wie einen Wassertropfen unter dem Mikroskop betrachten wollen! Durchsichtiges Wasser! Was konnte darin schon sein!
Anton van Leeuwenhoek jedoch hatte seinen Betrachtungen nie ein System zugrunde gelegt; mal erregte eben dieses, mal jenes sein Interesse. Warum also nicht das Wasser aus der Regentonne vor dem Hause? Vielleicht war die Oberfläche des Tropfens ja gar nicht so makellos glatt, wie es mit bloßem Auge den Anschein hatte. Möglicherweise ließen sich durch die starke Vergrößerung sogar mehrere kleine Tröpfchen erkennen, die den großen Tropfen bildeten? Wer wußte das schon?
Vorsichtig bugsierte Leeuwenhoek daher an jenem Tag im September 1675 einen Tropfen des reichlich vorhandenen Elementes unter seine Linse. Zunächst war nicht mehr zu sehen als eine graue verschwommene Fläche.
Doch Leeuwenhoeks Mikroskope waren nun schon so weit entwickelt, daß er den Abstand zwischen Glas und dem zu betrachtenden Gegenstand mit Hilfe einer Schraube sorgfältig verändern konnte. Ja, sogar einen kleinen Reflektor aus poliertem Kupfer hatte sich der eigenwillige Tüftler gebaut, um die Objekte mit Hilfe des Tageslichtes beleuchten zu können. Mit viel Fingerspitzengefühl stellte Leeuwenhoek seine goldgefaßte Handlinse schärfer ein und blickte angestrengt durch das Glas – ohne auch nur zu ahnen, daß er im nächsten Augenblick eine der bis dahin bedeutendsten Entdeckungen in der Geschichte der Naturforschung machen würde. Immer weiter drehte Leeuwenhoek an der winzigen Schraube. Doch was war das?! Statt eine zerklüftete Oberfläche vorzufinden, erschien es dem Kaufmann mit einemmal, als sei er durch das Wasser hindurch in eine völlig andere Welt eingedrungen! – Eine Welt, die ihn mit Staunen und Grauen zugleich erfüllte.

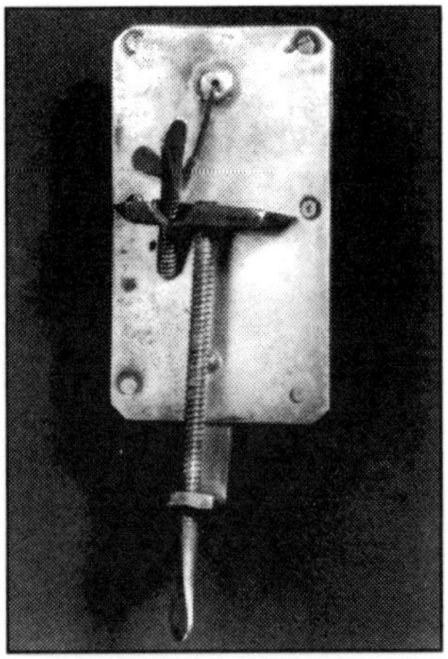

Einfach und doch wirksam: Mikroskop aus Silber von Leeuwenhoek, um 1673.

Denn zu seiner größten Verwunderung sah er unter seinem Mikroskop Hunderte winziger Lebewesen, die sich in dem Wassertropfen tummelten.
Leeuwenhoek schilderte später, welches Bild sich ihm in diesem Augenblick geboten hatte: *»Mir verschlug es beinahe die Sprache, was ich da in dem Okular sah ... Ich sah fremdartige Geschöpfe, die wohl zuvor noch nie ein Menschenauge betrachtet hatte. Sie waren wohl zehntausendmal kleiner als die winzigsten bis dahin beobachteten Wasserinsekten. Eine Art hatte vorn zwei Hörnchen, die sich ständig bewegten wie die Ohren eines Pferdes; hinten schleppten sie einen langen Schwanz nach ... Manche waren rund und hüpften in Bocksprüngen einher.«*
Anton van Leeuwenhoek war in das Reich der Mikroben vorgedrungen. Wochenlang beobachtete der Kramwarenhändler nun die *»elenden Biester«*, wie er die Einzeller und Bakterien wenig ehrfurchtsvoll nannte. Wie winzig sie unter dem Mikroskop zappelten! Manchmal zweifelte der verschrobene Mann sogar an ihrer Existenz, so klein waren sie, *»tausendmal kleiner als das Auge einer erwachsenen Laus«*. Doch sie waren da.
Woher kamen sie? Waren sie aus der Erde in die Regentonne gekrochen? Oder fielen sie gar mit dem Regen vom Himmel herab? Als echter Forscher, wenn auch ohne jede Vorbildung, sann Leeuwenhoek auf Beweise. Und kein Wunder, daß ihn die Leute nun erst recht für einen Spinner hielten: denn bald schon sah man ihn mit einem auf das peinlichste gereinigten Glasschälchen im strömenden Regen stehen, um reines Regenwasser aufzufangen.
Die Untersuchung unter dem Mikroskop erbrachte danach stets dasselbe Ergebnis: Frisch war das Naß frei von Mikroben. Ließ er das Wasser dagegen einige Tage im offenen Krug stehen, so wimmelte es nur so von *»Diertgen«*, wie Leeuwenhoeks Tierchen auf holländisch hießen. Und wieder gab sich der bemerkenswert pedantische Mann

nicht mit diesem einfachen Versuch zufrieden. Er untersuchte Wasser aus Pfützen und aus den Kanälen Delfts, aus Seen und aus Brunnen.
Nach Wochen des Experimentierens und des Betrachtens stand für Leeuwenhoek fest, was für uns heute selbstverständlich ist, doch damals eine Sensation darstellte: die Mikroben wirbeln für unser Auge unsichtbar immerzu in der Luft herum und befinden sich überall.
Mit diesem Wissen ausgerüstet, wagte es Anton van Leeuwenhoek, einen Bericht an die »Royal Society«, die »Königliche Gesellschaft« in London, zu schicken. Dieser berühmten Vereinigung ebenso berühmter Wissenschaftler wie Isaac Newton sandte Leeuwenhoek bereits seit Jahren immer wieder Berichte über seine Entdeckungen mit dem Mikroskop. Und wenn seine Briefe, verfaßt im einfachsten Holländisch und vollgepackt mit derben Ausdrücken, die würdigen, an das Lateinische gewohnten Herren auch jedesmal erschaudern ließen, so war man sich doch der Leistungen des »kleinen Tuchhändlers von Delft« bewußt, der da völlig abgeschnitten von der wissenschaftlichen Welt vor sich hinforschte. Denn zwischen dem wüsten Geschimpfe über seine verständnislosen Nachbarn und naiven Schilderungen seines eigenen Befindens entdeckten die Gelehrten immer wieder Berichte über Leeuwenhoeks Arbeiten mit dem Mikroskop, die bewiesen, wie einzigartig und perfekt seine Linsen zu vergrößern vermochten. Und nun sandte Leeuwenhoek dieser weltweit anerkannten Gesellschaft für naturwissenschaftliche Fragen seine Abhandlung über die *»kleinen Tierchen«*, die durch die Luft wirbelten: Man glaubte ihm nicht. Stand da doch, daß ein grobes Sandkorn eine Million dieser Wesen fassen sollte! Unmöglich ...
Oder etwa doch? Immerhin hatte sich ja bisher alles andere als richtig erwiesen, was ihnen dieser Leeuwenhoek an Entdeckungen mitgeteilt hatte.

Die hohen Herren baten Leeuwenhoek deshalb in einem höflichen Brief, zunächst einmal Genaueres zu berichten. Wie vor allem fertige er bitte diese Wunderlinsen, die ihm den Einblick in das merkwürdige Reich dieser kleinsten Lebewesen ermöglichen sollten?

Aber Leeuwenhoek hätte sich wohl eher von allem Hab und Gut getrennt, als irgend jemandem auf der Welt zu verraten, welche Kniffe er sich im Laufe der Jahrzehnte beim Schleifen der Linsen angeeignet hatte. Und so dauerte die Auseinandersetzung zwischen ihm und der »Königlichen Gesellschaft« noch geraume Zeit, ehe der streitbare Krämer aus Delft die Gelehrten der Welt auch ohne Preisgabe seiner Geheimnisse davon überzeugen konnte, daß die Mikroben wirklich existieren.

Anton van Leeuwenhoek wurde ein berühmter Mann. Die »Royal Society« würdigte seine Verdienste für die Wissenschaft durch die Verleihung der Ehrenmitgliedschaft. Nun besuchten ihn in seiner Kammer selbst so erlauchte Gäste wie die Königin von England und der Zar von Rußland und blinzelten unter seiner Anleitung durch die besten Mikroskope der damaligen Zeit. Und vielleicht erfaßte sie beim Anblick der zu Tausenden wimmelnden Tierchen ähnlich ungläubiges Schaudern, wie Leeuwenhoek in der Stunde des Zufalls.

Im Laufe der Jahre erspähte Leeuwenhoek mit seinen bis in das hohe Alter hinein scharfen Augen noch manches, was die Allgemeinheit in Staunen versetzte. Als er im Jahre 1723 mit einundneunzig Jahren in seiner Heimatstadt starb, hinterließ er über vierhundert selbstgefertigte Linsen, die bis zu rund zweihundertfach vergrößerten. Seine Korrespondenz mit der »Royal Society« war in fünfzig Jahren auf über hundert gesprächige Briefe angewachsen. Trotzdem ist Anton von Leeuwenhoek heute den meisten ein Unbekannter. Denn soviel Aufsehen die kleinen Einzeller und Bakterien nach ihrer Entdeckung zunächst er-

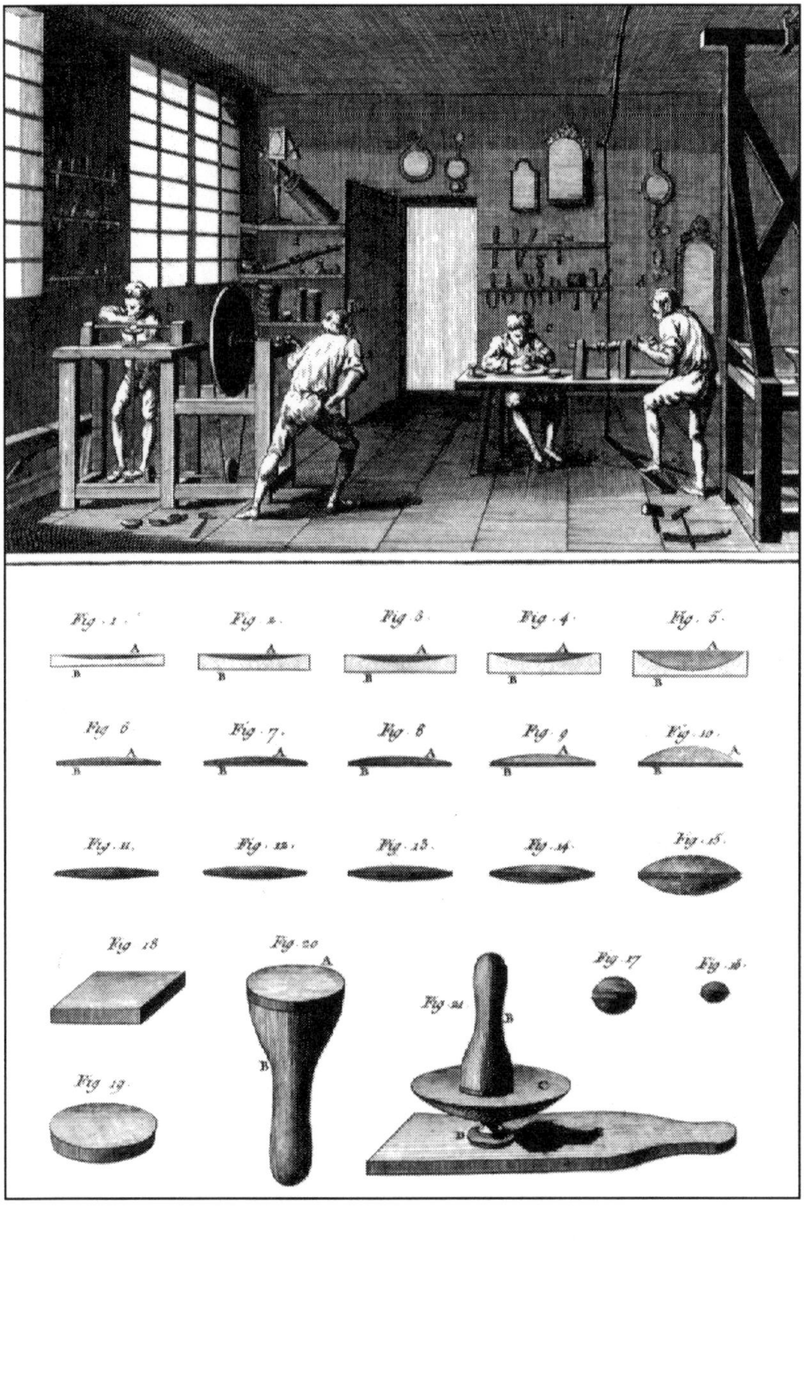

Die geschickte Handhabung dieser Linsenschleifmaschinen war die Voraussetzung für Leeuwenhoeks überraschende Entdeckung.

regten, letztlich wurden sie, wie eine neue, etwas seltene Vogelart, lediglich als zusätzliches Kapitel des damaligen Wissens angesehen. Es gab sie eben, mehr nicht.

Niemand ahnte ja, wie nützlich und hilfreich einige dieser winzigen Tierchen sein konnten, wie bösartig und todbringend andere. Was sollte man daher mit Leeuwenhoeks Erkenntnis anfangen, daß sein Zahnbelag nach dem Genuß heißen Kaffees, den, wie er der »Königlichen Gesellschaft« treuherzig mitteilte, er überaus schätzte, um ein gelegentliches Völlegefühl zu beseitigen, nahezu frei von Mikroben war, Hitze also mit anderen Worten die Tierchen abzutöten vermag?

Selbst Leeuwenhoek stellte nie einen Zusammenhang zwischen Mikroben und irgendwelchen Krankheiten her. Sogar als er der »Royal Society« die überaus freimütige Mitteilung unterbreitete, besonders in seinem Durchfall, an dem er glücklicherweise nur selten leide, wimmele es nur so von kleinen Tierchen, vermutete er mit keinem Wort, daß die Mikroben die Ursache seines Unwohlseins darstellen könnten.

Und so war der Tag, an dem Leeuwenhoek die winzigen *»Biester«* zum erstenmal zu Gesicht bekam, zwar für den Kampf gegen tödliche Krankheiten von großer Bedeutung, doch blieb es anderen vorbehalten, die Siege – und damit den Ruhm – davonzutragen. Anton van Leeuwenhoek wurde lediglich zum Pionier einer Wissenschaft, die sich erst rund zweihundert Jahre später voll entfalten sollte und Namen wie Robert Koch oder Louis Pasteur unsterblich werden ließ: der Bakteriologie.

Er lieh sich die Oboe seines Cousins, um damit Patienten abzuhorchen – René Théophile Hyacinthe Laennec, 1781–1826. Zeitgenössisches Gemälde.

DAS HERZWEH EINER JUNGEN DAME

Der Franzose Laennec »erfindet« das Stethoskop

Alle kennen es, den selbstverständlichen, ständigen Begleiter jedes Allgemeinmediziners. Es fehlt in keinem Arztkoffer und bestimmt beinahe das äußere Erscheinungsbild des Arztes: das Stethoskop. Kaum jemand ahnt jedoch, daß wir dieses ebenso alltägliche wie nützliche Instrument zum Abhorchen der inneren Körpergeräusche einem glücklichen Zufall zu verdanken haben, der sich im Leben eines Franzosen mit dem klangvollen Namen René Théophile Hyacinthe Laennec ereignete.

Laennec war 1781 in dem kleinen Städtchen Quimper in der Bretagne geboren worden. Mit sechzehn Jahren ging er nach Paris, um in der glorreichen Hauptstadt des Landes die Kunst der Medizin zu erlernen.

Weit her war es mit den Möglichkeiten der damaligen Ärzte allerdings noch nicht. Oft vermochten sie nicht viel mehr zu tun, als ihren Patienten Trost zuzusprechen und im übrigen zu hoffen, daß die Natur helfen würde, die Krankheit zu überwinden. Ja, man wußte in den meisten Fällen noch nicht einmal, an welcher Krankheit der Hilfesuchende überhaupt litt, denn die medizinische Wissenschaft des beginnenden 19. Jahrhunderts hatte einen großen Makel: ihr fehlten die Untersuchungsmethoden. Selbst die fortschrittlichsten Ärzte jener Zeit legten wie einst Hippokrates im 4. Jahrhundert vor Christus schlicht ihre Hand oder ihr Ohr auf die Brust des Patienten und fühlten und horchten so ein bißchen herum, was da im Inneren pochte und gluckerte. Viel war auf diese Art und Weise zwar nicht zu hören, doch besser als nichts war dieses Verfahren allemal. Vor allen Dingen gab es dem Patienten das Gefühl, man kümmere sich um ihn.

Auch Laennec, der 1804 über die Thesen des berühmten Hippokrates sogar eine schriftliche Arbeit angefertigt hatte, legte in dem ehrlichen Bemühen, seinen Patienten zu helfen, ab und an sein Ohr an deren Brust und belauschte die Herztöne, um in unsicheren Fällen eine bessere Diagnose stellen zu können. Sehr behagte dem empfindsamen Mediziner dieses Verfahren allerdings nicht. Laennec hatte großen Respekt vor seinen Patienten. Nichts lag ihm ferner, als sie zu quälen oder zu belasten. Die Prozedur des Abhorchens war jedoch weder für den Arzt noch für den Patienten angenehm oder bequem. Es dauerte und dauerte, bis der Arzt soviel gehört zu haben glaubte, um zu wissen, was im Inneren des Erkrankten vor sich ging. Wie viele Male mußte der Patient ein- und ausatmen, wie oft der Arzt sein Ohr an eine andere, bessere Stelle legen und immer wieder in gebückter Haltung verharren, bis er sich seiner Sache endlich sicher zu sein glaubte!

Doch abgesehen von seinem krummen Rücken litt Théophile Laennec zweifellos am meisten darunter, daß die Methode des Abhorchens im Hinblick auf weibliche Patienten geradezu undurchführbar war. Sie schockte schlicht seinen

Sinn für Anstand – abgesehen davon, daß sie bei Damen mit beachtlicher Oberweite ohnehin zum Scheitern verurteilt war. Gerade dieser Umstand aber öffnete Laennec, nachdem er sich fast zwanzig Jahre lang damit abgeplagt hatte, sein Ohr gegen die Brust Kranker zu pressen, die Tür zur Entdeckung des Stethoskopes.

Wie ihn der Zufall dazu führte, das unanständige Problem des Abhorchverfahrens zu beseitigen, beschrieb Laennec in seinem späteren Lebenswerk.

Es war im Jahre 1816, als Laennec von einer jungen Dame konsultiert wurde, deren Beschwerden darauf hindeuteten, daß sie herzkrank sei. Unglücklicherweise war die Patientin reichlich füllig. Laennec fühlte daher so gut wie gar nichts, als er ihr die Hand auf die Brust legte, um die Herztöne zu ertasten.

Unschlüssig stand er vor der hilfesuchenden jungen Frau, an deren Herzgegend er gerne aus medizinischen Gründen sein Ohr gebettet hätte, wenn dies nicht allen Regeln des guten Benehmens widersprochen hätte. Da verfiel der fünfunddreißigjährige Laennec angesichts dieses Problems auf eine grandiose Idee, die zeigt, daß man in der Schule gelegentlich tatsächlich fürs Leben lernt.

Laennec erinnerte sich nämlich an ein bekanntes akustisches Phänomen: Legt man das Ohr an das Ende eines langen Balkens, so hört man deutlich, wenn am anderen Ende mit einer Nadel gegen das Holz geklopft wird.

Da Laennec wohl gerade keinen Balken zur Hand hatte, griff er kurz entschlossen ein paar auf dem Schreibtisch herumliegende Blätter Papier, rollte diese fest zusammen und setzte das eine Ende auf die Brust der jungen Dame, während er sein Ohr nun in anständigem Abstand zum Objekt auf das andere Ende legen konnte.

Wie war er überrascht, als sich das Klopfen des Herzens durch das eigenartige Hilfsmittel mit einer Deutlichkeit wahrnehmen ließ, die ihm noch nie zuvor bei anderen Pa-

tienten durch das direkte Abhorchen mit dem Ohr vergönnt gewesen war!
Leider ist uns nicht überliefert, ob die junge Dame aus der an ihr geborenen Methode bereits Nutzen ziehen konnte und gesund wurde.
Fest steht dagegen, daß der Arzt Laennec sehr rasch erfaßte, daß ihm der Zufall hier ein neues Verfahren beschieden hatte, dem eine große Zukunft bevorstand. Nur ausgereifter mußte das Ganze noch werden.
Wenn er nicht gerade als Chefarzt den gewiß nicht leichten Alltag eines Pariser Hospitals des beginnenden vorigen Jahrhunderts bewältigte, versuchte Laennec in seiner knapp bemessenen Freizeit daher, für sein Instrument die geeignetste Form herauszufinden. Zunächst rollte er Papierblätter so eng wie möglich zusammen und verschnürte sie mit Bändern. Später ersetzte er die losen Blätter durch zusammengerollte Hefte, die durch gummiertes Papier zusammengehalten wurden.
Doch wie dicht er das Papier auch immer zu rollen versuchte, stets blieb in der Mitte ein Hohlraum. Dieser Umstand führte Laennec bald zu der wichtigen Erkenntnis, daß sich diese Röhren am besten zur Untersuchung der Atmung eigneten, wohingegen sich für das Abhorchen der Herztöne eher feste Körper als sinnvoll erwiesen.
Dutzende von Patienten horchte der Mediziner mit den mitunter abenteuerlich anmutenden Ergebnissen seiner Experimentierlust ab. Vom Papier wandte sich Laennec bald verschiedenen Holzarten zu, benutzte mal einen festen Zylinder, mal einen hohlen oder zweckentfremdete kurzerhand die alte Oboe seines Cousins. Er experimentierte mit der Länge, der Dicke und dem Durchmesser der Röhre. Er verwendete verschiedene Holzarten, Glas, ja sogar Metall.
Schließlich landete der eifrige Mediziner bei einem aus zwei ineinanderpassenden Teilen bestehenden Zylinder

aus leichtem Buchenholz. Dieser wies zusammengesetzt die Eigenschaften eines festen Körpers auf, während er auseinandergenommen eine Röhre darstellte. Mal gefüllt, mal hohl, ließ er sich also auf einfache Art und Weise den Erfordernissen anpassen. Laennec war stolz auf dieses Instrument. Er nannte es Stethoskop.

Im ersten Jahr nach seiner Entdeckung sprach Laennec wenig, schrieb wenig und veröffentlichte gar nichts: Er horchte. Schon mit den anfänglichen Modellen des Stethoskopes aus Papier nämlich war es Laennec gelungen, bei den vielen Patienten, die er zu Versuchszwecken abgehorcht hatte, normale Brustgeräusche von krankhaften zu unterscheiden. In ihm reifte der Gedanke, diese Geräusche so exakt zu beschreiben, daß man sie ordnen könnte.

Laennec erkannte, daß das Stethoskop die systematische Erforschung des Brustraumes durch das Ohr ermöglichen würde: Die Methode der *»indirekten Auskultation«* war damit geboren.

Diesen klangvollen Namen hatte Laennec in Anlehnung an das einfache Abhorchverfahren, die *»Auskultation«*, des alten Hippokrates gewählt; der kleine Zusatz *»indirekt«* sollte verdeutlichen, daß Laennec die Geräusche des Brustraumes dabei nicht direkt mit dem Ohr, sondern indirekt mit einem Rohr aus Buchenholz abhorchte.

Immer fieberhafter experimentierte sich Laennec in die neue Wissenschaft hinein; ja, er schuf sie zunächst einmal selbst, indem er versuchte, Licht in das Dunkel der verschiedenen landläufigen Ansichten über die Krankheiten der Lunge und des Herzens zu bringen. Er horchte, arbeitete, tüftelte. Er ignorierte die Tatsache, daß sein eigener Körper unter dieser Anstrengung immer schwächer und schwächer wurde.

Bei aller Aufmerksamkeit, die Laennec anderen Lungen entgegenbrachte, übersah er nämlich schlicht, daß er selbst an einer Lungenkrankheit litt. Statt dessen arbeitete der

Siebenunddreißigjährige verbissen weiter, machte sich Notizen und lernte, die Brustraumgeräusche seiner Patienten auf das genaueste zu unterscheiden.

Natürlich blieb dieses geschäftige Treiben Laennecs seinen Freunden in Paris nicht verborgen. Wer sich Oboen ausleiht, um damit Leute abzuhorchen, erregt nun einmal Aufsehen. Laennecs Freunde waren zum überwiegenden Teil ebenfalls Mediziner und wußten die Bedeutung der Arbeit ihres Kollegen richtig zu beurteilen. Gemeinsam drängten sie Laennec, mit seiner Entdeckung an die Öffentlichkeit zu gehen. So kam es, daß Théophile Laennec am 5. Februar 1818 seinen ersten Vortrag über die Methode der indirekten Auskultation hielt, obwohl es nach seiner persönlichen Meinung dafür noch viel zu früh war. Eineinhalb Jahre nach seiner zufälligen Entdeckung des Stethoskopes! Man stelle sich so etwas in unserer heutigen schnellebigen Zeit vor: Jemand hielte plötzlich ein einfaches und doch vielversprechendes Instrument in Händen, dessen Nutzen sich auch rasch erkennen ließe, und würde eineinhalb Jahre warten, bevor er sich damit an die Öffentlichkeit wendet!

Doch scheint es in dieser Hinsicht zu Beginn des vorigen Jahrhunderts tatsächlich noch etwas gemütlicher zugegangen zu sein. So gemütlich, daß Laennecs Vortrag zwar mit Wohlwollen aufgenommen wurde, ja, man konnte ihn sogar als Erfolg werten, aber die Anwendung des Stethoskopes blieb weiterhin Laennec selbst und seinen Freunden vorbehalten. Der Rest der Mediziner wartete ab.

Vielleicht war Laennec auch einfach nicht zu dem fähig, was man heute mit dem Begriff »sich verkaufen können« umschreibt. Es scheint so. Und, noch schlimmer, der arme Kerl war sich dessen bewußt. So schrieb Laennec diesbezüglich einmal an einen Verwandten: *»Es (das Stethoskop) ist wirklich ein glücklicher Fund. Es ist schade, daß er nicht Leuten in den Schoß gefallen ist, die wüßten, wie man*

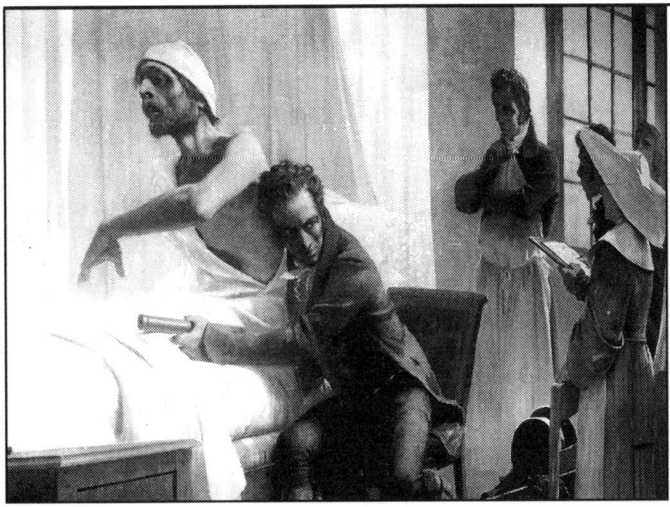

Laennec bei einem Kranken. In der linken Hand hält er eines seiner Stethoskope.

daraus viel Geld machen kann. Was mich betrifft, ich bin in solchen Dingen ein Trottel . . .«

Wieder stürzte sich Laennec in seine Arbeit, füllte Seite um Seite seines Notizheftes mit immer neuen Erkenntnissen über die mit dem Stethoskop wahrgenommenen Geräusche. Und er ging noch weiter, forschte noch gründlicher. Bald verwendete er sein Stethoskop zum Abhorchen Todkranker und öffnete nach deren Tod ihre Leichen. So war er in der Lage, die vorher abgehorchten Geräusche zu den krankhaften Veränderungen an der Lunge und am Herzen in Beziehung zu setzen. In einer Zeit, in der man kaum ahnte, daß Krankheiten die Organe schädigen, war Laennec damit einer der ersten, der wirklich ergründete, wie die Beschwerden seiner dahingeschiedenen Patienten auf ihre kranken inneren Organe zurückzuführen waren. Auch wenn ihnen dies nichts mehr nützte.

Immer häufiger wurde Laennec durch Schwächeanfälle gezwungen, seine Arbeit zu unterbrechen. Um sich zu erholen, kehrte er Paris seinen ausgemergelten Rücken zu und fuhr für einige Zeit in seine Heimat, die Bretagne. Dort genoß er auf seinem hübschen Landsitz in Kerlouan die

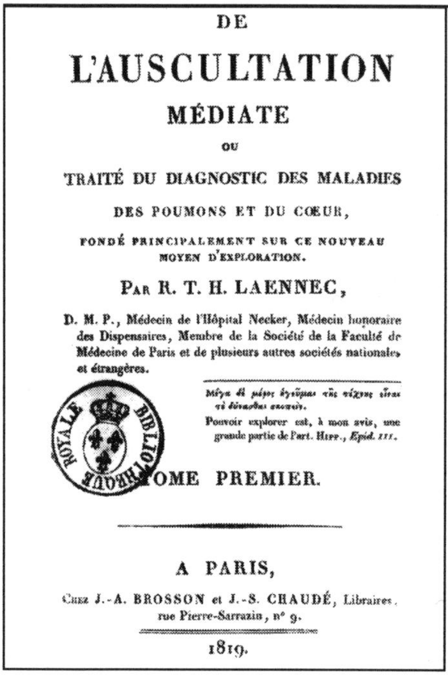
DE

L'AUSCULTATION

MÉDIATE

OU

TRAITÉ DU DIAGNOSTIC DES MALADIES DES POUMONS ET DU CŒUR,

FONDÉ PRINCIPALEMENT SUR CE NOUVEAU MOYEN D'EXPLORATION.

PAR R. T. H. LAENNEC,

D. M. P., Médecin de l'Hôpital Necker, Médecin honoraire des Dispensaires, Membre de la Société de la Faculté de Médecine de Paris et de plusieurs autres sociétés nationales et étrangères.

Μέγα δὲ μέρος ἡγεῦμαι τῆς τέχνης εἶναι τὸ δύνασθαι σκοπεῖν.

Pouvoir explorer est, à mon avis, une grande partie de l'art. HIPP., *Epid. III*.

TOME PREMIER.

A PARIS,

CHEZ J.-A. BROSSON et J.-S. CHAUDÉ, Libraires, rue Pierre-Sarrazin, n° 9.

1819.

Ruhe, die ihm sein Beruf in der Stadt nicht gönnte. Laennecs selbstgewählte Berufung allerdings ließ ihn sogar auf dem Lande nicht behaglich zurücklehnen.

Wenn der Junggeselle nicht gerade mit dem Stethoskop die Brustgeräusche seiner beiden Hunde »Kiss« und »Moustache« abhorchte, saß er stundenlang an seiner Drehbank, um an der Herstellung möglichst vieler neuer Stethoskope zu arbeiten. Umgeben von Holzstücken und Spänen träumte er dann davon, seine Stethoskope zur selben Zeit zum Verkauf anbieten zu können wie das Buch, an dem er schrieb und das sich langsam, aber stetig seiner letzten Zeile näherte.

Es erschien am 15. August 1819 unter dem ebenso melodiösen wie umständlichen Titel *»Traité de l'auscultation médiate ou Traité du diagnostic des maladies des poumons et du cœur«*, was soviel wie *»Eine Abhandlung über die Krankheiten der Lunge und des Herzens«* bedeutete.

Und Laennecs Wunsch wurde Wirklichkeit – am Erscheinungstag verfügte der Verleger über ein kleines Lager an Stethoskopen, die er für drei Francs pro Stück verkaufte.

Hatte man sich durch den langen Titel des Buches erst einmal hindurchgelesen, so wurde die Ausdauer durch eine leichtverständliche Lektüre belohnt. Dies war damals ganz und gar nicht üblich, im Gegenteil. Da sich viele der damaligen Ärzte bewußt waren, eigentlich kaum etwas zu wissen oder gar zu sagen zu haben, zogen sie es vor, ihre Veröffentlichungen in kunstvollen griechischen oder lateinischen Wortspielereien abzufassen – Unwissenheit ließ sich auf diese Weise prächtig vertuschen.

Laennec indes hatte dies nicht nötig; er wußte etwas, hatte etwas zu sagen: Einfach und schlicht legte er mit seinem

Buch den Grundstein für eine neue Wissenschaft. Dieser außergewöhnlich exakt arbeitende Mediziner beschrieb tatsächlich so ziemlich alle Geräusche, die dem Brustraum entlockt werden können, und ordnete sie – das war das Entscheidende – einzelnen Krankheiten zu.

Wer erahnte schon vor Laennecs zufälliger Entdeckung des Stethoskopes Brustgeräusche, die sich anhören, *»als ob Sandkörner in eine Schale aus Metall oder Porzellan fallen«*, die an das *»Meckern einer Ziege«* erinnern oder an einen *»gesprungenen Topf«*!

Vielleicht lag es an diesen eigenwilligen Beschreibungen und an der so wenig wissenschaftlichen Ausdrucksweise Laennecs, daß die Fachwelt auch auf das Buch trotz einiger recht wohlwollender Besprechungen mit ebenso kühler Zurückhaltung reagierte wie nach Laennecs erstem Vortrag. Immer noch bezweifelte man allgemein den Nutzen des neuen Abhorchverfahrens, und die vornehmen Pariser Ärzte waren nach wie vor nicht daran interessiert, ihre Gewohnheiten zu ändern und eine neue Methode zu erlernen. Ja, selbst die jungen, wissensdurstigen Mediziner ließen sich von ihren alten Lehrmeistern aufstacheln und verachteten die *»medizinische Trompete«*, um die sich bald allerlei Witze rankten.

Diejenigen, die dennoch begannen, mit dem Stethoskop zu arbeiten, wurden als Scharlatane und Quacksalber abgetan. Kurz, es erging Laennec nicht besser als späteren Erfindern, die es sich gefallen lassen mußten, belächelt zu werden, weil sie an so etwas Unmögliches oder Unnützes wie die Eisenbahn oder das Auto glaubten.

Doch wie heute die Eisenbahn und das Auto nicht mehr aus unserem Alltag wegzudenken sind, so trat auch das Stethoskop langsam, aber stetig seinen Siegeszug an. Laennec hatte das Glück, daß sich einige berühmte Ärzte für seine indirekte Methode des Abhorchens zu interessieren begannen. Endlich überzeugt, sorgten sie für die Verbreitung des

Verfahrens. In ganz Europa, ja sogar in Rußland und dem weit entfernten Amerika konnte man immer mehr Ärzte beobachten, die ihren Patienten Laennecs kurzen Holzzylinder auf die Brust setzten. Nun strömten sogar aus aller Herren Länder Mediziner herbei, die direkt vom Meister selbst die Kunst des Auskultierens erlernen wollten. Allein im Jahre 1819 sollen es dreihundert Personen gewesen sein, die nach Paris pilgerten, um von Laennec unterrichtet zu werden.

Ab Oktober des Jahres unternahmen sie diese Reise vergebens. Laennec war krank, erschöpft, zu keinerlei geistiger Arbeit mehr fähig. Mit der Absicht, das für ihn allzu hektische und kräftezehrende Paris für alle Zeiten zu verlassen, reiste er erneut auf den geliebten Landsitz in Kerlouan. Sein durch die Lungenkrankheit ausgelaugter Körper hatte nach den Belastungen der vergangenen Jahre diese Erholung dringend nötig.

Während man in Paris mit großer Ungeduld seine Rückkehr erwartete, wanderte Laennec, gefolgt von »Kiss« und »Moustache«, durch die herrliche Landschaft seiner bretonischen Heimat.

Schlechtes Wetter nutzte Laennec, um sein Stethoskop weiter zu vervollkommnen. Während er mit der Feile hantierte, lagen die Hunde zu seinen Füßen.

Doch selbst der Zufriedenste kann ohne Geld nicht leben. Trotz Laennecs taufrischem Ruhm verkaufte sich sein Buch nur mäßig, die Honorare flossen spärlich. Ende 1821 sah sich Laennec gezwungen, nach Paris zurückzukehren, um seine dortige Arbeit wiederaufzunehmen. Er kam gerade noch rechtzeitig, um den Triumph seines Freundes Dr. Lejumeau de Kergaradec mitzuerleben. Dieser war eines Tages bei der Untersuchung der Lungen einer Schwangeren auf die Idee gekommen, sein Stethoskop auf ihren Bauch zu setzen. So sollte man doch wohl das Kind im Fruchtwasser plätschern hören! Statt dessen hörte er ein schnelles Klopfen, das sich wie das Ticken einer Uhr anhörte. Es war der Herzschlag des Ungeborenen. Ein ärztlicher Traum, das Abhorchen des Fötusherzens, war auf diese Weise Wirklichkeit geworden. Kergaradecs Entdeckung verbreitete sich rasch über die ganze Welt und trug entscheidend dazu bei, daß der Siegeszug des Stethoskopes nicht mehr aufzuhalten war.

Laennec war ein geachteter Mann geworden. Gerade dieser Umstand jedoch besiegelte sein Ende. Schon bald stürmten auf den wenn auch erholten, so doch noch immer von seiner Erkrankung gekennzeichneten Vierzigjährigen Verpflichtungen ein, denen er nicht mehr standzuhalten vermochte.

Schwer krank, schon vom Tode gekennzeichnet, kehrte Laennec 1826 ein letztes Mal nach Kerlouan zurück. Voller Vertrauen in sein Stethoskop bedauerte er in einem Brief an seinen Cousin zutiefst, daß er sich nicht selbst abhorchen konnte: *»Keiner kann irgend etwas bei mir finden, aber ich bin sicher, daß ich es sehr schnell finden würde, wenn ich nur in der Lage wäre, mich selbst zu untersuchen.«*

Das Stethoskop: ihm hatte der beste Teil Laennecs kurzen Lebens gegolten, ihm galten die Gedanken seiner letzten Tage. Noch in einem Brief vom 18. Mai 1826 bewarb er sich bei der Akademie der Wissenschaften persönlich um den Preis für die nützlichste Entdeckung auf dem Gebiete der Medizin: *» . . . wenn die, allerdings zufällige, Entdeckung einer fruchtbaren Fundgrube positiver Tatsachen, die ich nur mit Hilfe einer zehnjährigen Reihe von Beobachtungen und Untersuchungen in den Hospitälern und Auditorien auszubeuten hatte, wobei meine Gesundheit zum zweiten Male unterlag, . . . irgendeinen Wert in Ihren Augen hat, so sollte ich vielleicht nicht an einem wohlwollenden Urteil der Akademie zweifeln.«*

»Eigenlob stinkt« mag mancher denken, der dies liest – und tatsächlich strotzt Laennecs Brief, von dem hier ja nur ein kurzer Auszug wiedergegeben ist, von Lobeshymnen auf die eigene Leistung. Doch sollten wir dem Verfasser verzeihen: Immerhin gibt er ja in diesen Zeilen offen zu, die Entdeckung des Stethoskopes einem Zufall zu verdanken. Viel schwerer aber wiegt der Umstand, daß es gepeinigt von Todesahnungen wohl schwerfallen mochte, geduldig abzuwarten, bis die Akademie von selbst geruhte, auf den Mediziner aufmerksam zu werden.

Wenige Monate später, am 13. August 1826, starb René Théophile Hyacinthe Laennec. Mit seiner Sammlung an Stethoskopen, dem *»besten Teil meines Erbes«*, hatte er jenen oboespielenden Cousin und Arzt Mériadec Laennec bedacht, dessen Instrument in den Anfängen als Stethoskop hatte herhalten müssen.

Den Preis der Akademie erhielt Laennec nicht mehr. Vielleicht war es aber eine Reaktion auf seine Bewerbung, daß im folgenden Jahr dem glücklichen Erben Mériadec Laennec, der die Verbreitung des kurzen Holzrohres würdig fortführte, die Hälfte des Preises zuerkannt wurde.

Zum hundertjährigen Todestag Laennecs im Jahre 1926 brachte Frankreich eine Marke mit Laennecs Büste heraus. Sie würdigt den Arzt zurecht als den Mann, dessen geniale Entdeckung des Stethoskopes den Grundstein für die moderne Medizin unserer Tage legte.

Das grimmig-ernste Portrait täuscht – Friedrich Wöhler (1800–1882) soll ein ausgesprochen humorvoller Mensch gewesen sein ...

DIE REVOLUTION AUS DEM NACHTTOPF

Friedrich Wöhler entzaubert die »Lebenskraft«

Die Biographien beschreiben ihn als konservativ und von unerschütterlicher Gemütsruhe, jedem Streit abhold und sich stets leicht mit gegebenen Verhältnissen abfindend: Dem deutschen Chemiker Friedrich Wöhler waren bei seiner Geburt im Jahre 1800 also keineswegs Eigenschaften in die Wiege gelegt worden, die ihn zum Neuerer oder gar Revolutionär geeignet erscheinen ließen. *»Niemand ist weniger zum Kritiker gemacht als ich ...«*, behauptete er denn auch selbst einmal.

Und doch war es eben dieser Friedrich Wöhler, der im Jahre 1828 das chemische Weltbild des frühen 19. Jahrhunderts durch Zufall derart ins Wanken brachte, wie es niemals zuvor, und auch selten danach, gewackelt hatte.
Um dies zu verstehen, müssen wir uns zunächst ein wenig in die damalige Zeit zurückversetzen: eine Zeit, in der sich die Chemie schon ein gutes Stück von ihrer geheimnisvollen mittelalterlichen Vorgängerin, der Alchimie, entfernt hatte. *»Aufklärung«* lautete das neue Modewort. Und aufgeklärt, wie man nun einmal war, suchte man nicht mehr verbissen nach dem Weg, Gold herzustellen. Auch schüttete man längst nicht mehr irgendwelche Flüssigkeiten nach Art eines Zauberlehrlings in die Tiegel, sondern war voller Vernunft dazu übergegangen, genau zu messen und zu wiegen. Denn alle waren willig, dem Lockruf nach exakter Wissenschaft zu folgen. Auf der einen Seite.
Doch da gab es auch noch die andere Seite, tief drinnen im Menschen, dem es eben nicht so leichtfiel, die finstere Zeit des Mittelalters voller Aberglauben und Hexenspuk aus den Köpfen zu verbannen. Selbst die jungen Forscher bildeten hier keine Ausnahme.
Und so boten die Wissenschaften zu Beginn des 19. Jahrhunderts ein eigenartig schiefes Bild: Zum einen gehörte es in den besseren Gesellschaftskreisen bereits zum guten Ton, ge- oder zumindest eingebildet über die jeweils jüngsten Erkenntnisse in den verschiedenen Naturwissenschaften gewählte Konversation zu treiben. Ja, es wurde zu diesem Zwecke auch für die Damen geradezu Mode, Vorlesungen zu besuchen.
Zum anderen aber blieben die Herren und Damen gemeinsam mit allen ehrenwerten Gelehrten ihrer Zeit der felsenfesten Überzeugung, daß all die neuen Einsichten der Forschung lediglich für den Bereich der Gesteine gelten würden. Bei diesen handelte es sich schließlich nur um leblose Natur, der die grandiose Schöpfung Mensch mit der Zeit

Elektrostatische Versuche mit Tieren und Pflanzen. Kupferstich, 1749.

schon auf die Schliche kommen würde! Die Zusammensetzung der lebenden Dinge unserer Erde erschien eben dieser »grandiosen Schöpfung« dagegen viel zu geheimnisvoll, als daß sie je ergründet, geschweige denn künstlich hergestellt werden könnte.

Wohlklingend verkündeten die angesehensten Wissenschaftler die Existenz einer ganz besonderen Kraft, die sie bedeutungsvoll Lebenskraft oder gar *»vis vitalis«* nannten. Sie sollte in allen Dingen der lebenden Natur herrschen. Ihren Schleier zu lüften sei den Menschen auf ewig verwehrt. Es schien daher nur sinnvoll, die Chemie in zwei Bereiche zu spalten, zwischen denen es keine Verbindung gab: die anorganische und die organische Chemie.

Die zwei Bereiche gibt es, wie selbst nicht übertrieben eifrige Chemieschüler wissen, heute noch. Doch eine Verbindung der organischen und anorganischen Chemie besteht heute auch. Und dies ist das ehrenvolle Verdienst des Friedrich Wöhler. Dabei lag dem chemieinteressierten Friedrich nach Abschluß seiner Schulzeit wohl kaum etwas ferner, als sich ausgerechnet mit organischer Chemie zu befassen. »Wenn Chemie, dann bitte nur die ‚richtige', die anorganische«, mag sich der junge Mann gedacht haben. Er war nun einmal kein Mensch, der sich gerne gegen bestehende Naturgesetze wie die *»vis vitalis«* der organischen Chemie aufgelehnt hätte.

Aber selbst das Studium der traditionellen Chemie fiel im Deutschland der damaligen Zeit nicht leicht. Hier bot man die anorganische Chemie lediglich als Hilfswissenschaft für Mediziner oder Bergbauer an, weshalb Friedrich Wöhler nichts anderes übrigblieb, als nach dem Studium der Medizin im Jahre 1823 nach Stockholm zu wechseln. Dort befand sich das Mekka aller Chemiker. Denn dort lehrte J. Berzelius, der Chemiepapst der damaligen Zeit. Ein knappes Jahr in Stockholm genügte, um zwischen diesem genialen Lehrer und seinem Schüler eine herzliche Freundschaft wachsen zu lassen, die nach Wöhlers Rückkehr in die Heimat im Laufe von 25 Jahren einen Briefstapel von stolzen 1 400 Seiten hinterließ.

Kein Wunder also, daß Friedrich Wöhler sogar in Deutschland völlig von Berzelius beeinflußt blieb: Sein Lehrmeister liebte Mineralien, also arbeitete auch Wöhler bevorzugt mit diesem Material. Nach seinem Amtsantritt als Chemielehrer in Berlin richtete er sich das Labor wie Berzelius ein – und wie Berzelius, so glaubte auch sein Musterschüler weiterhin fest an die *»vis vitalis«*, die es jedem Menschen verwehrte, Stoffe aus dem Tier- oder Pflanzenreich herzustellen.

Es dürfte sich daher selbst im unerschütterlichen Wöhler eine gewisse Ratlosigkeit breitgemacht haben, als ihn der launige Zufall im Februar 1828 dazu zwang, an diesem Eckpfeiler seiner chemischen Überzeugung zu rütteln.

Jöns Jakob Freiherr von Berzelius, 1779–1848. Sein Ruf als Lehrer zog zahlreiche Chemiestudenten aus ganz Europa in seine Vorlesungen.

Wöhler war gerade dabeigewesen, in seinem Labor einen Versuch aus den guten alten Stockholmer Zeiten zu wiederholen. Damals hatte er bei Berzelius die zwei recht einfachen chemischen Verbindungen Cyansäure und Ammoniak miteinander reagieren lassen, wodurch eine Substanz mit dem schwungvollen Namen Ammoniumcyanat entstanden war.
Vier Jahre später nun beabsichtigte Wöhler, weitere Versuche mit Ammoniumcyanat durchzuführen. Es war kein Problem, diese Substanz selbst herzustellen. Wie in Stockholm ließ Wöhler dazu Cyansäure auf Ammoniak einwirken und erhielt als Ergebnis das gewünschte Ammoniumcyanat in wässriger Lösung. Ein einfacher Vorgang.
Um das Ammoniumcyanat für die neuen Experimente jedoch in möglichst konzentrierter Form zu besitzen, dampfte Wöhler die Flüssigkeit im Becherglas dieses Mal ein.

Geduldig hielt der junge Mann das Gefäß über eine kleine Flamme. Immer tiefer sank der Wasserspiegel; und endlich begannen sich Kristalle zu bilden.

Aber wie sahen sie aus! Die trockene Substanz im Becherglas mutete den Chemiker arg seltsam an, denn vor ihm lagen farblose Kristalle, die nie und nimmer das erwünschte Ammoniumcyanat sein konnten. Statt dessen wiesen sie eine nicht zu übersehende Ähnlichkeit mit Harnstoffkristallen auf ... Sollte es wirklich Harnstoff sein – organischer Harnstoff, gewonnen aus nichtorganischen Grundstoffen? Harnstoff – dieses Produkt der quicklebendigen Welt, gewonnen aus unbelebtem Gestein? Aber das konnte doch gar nicht sein! So ohne jede *»vis vitalis«* ...

Andererseits wußte Friedrich Wöhler nur zu gut, wie Harnstoffkristalle aussehen. Er hatte oft genug im Labor damit hantiert. Ja, er war für seine kleine medizinische Arbeit über den Harn sogar mit einem Preis ausgezeichnet worden, was Berzelius damals zu der scherzhaften Prophezeiung: *»Wer mit Urin beginnt, wird darin enden!«* veranlaßt hatte. Sah es nun nicht ganz so aus, als würde der schwedische Lehrmeister recht behalten?

Als Chemiker und Mensch in der Gewinnung von Harnstoff also geübt, verfügte der junge Wissenschaftler glücklicherweise über genügend Erfahrung, um überprüfen zu können, ob die vor ihm liegenden Kristalle tatsächlich Harnstoff waren. Mit klarem Verstand und ohne vorgefaßte Meinung verglich er die rätselhafte Materie mit vollkommen reinem, aus seinem eigenen Urin abgeschiedenen Harnstoff. Die Ergebnisse ließen keinen Zweifel: sein »echter«, menschlicher Harnstoff und jene Kristalle im Becherglas waren ein und derselbe Stoff.

Rasch erkannte Wöhler auch die Ursache dafür, warum er nicht wie geplant Ammoniumcyanat, sondern Harnstoff erhalten hatte. »Schuld« war die Wärmeeinwirkung während des Eindampfens. Unter ihrem Einfluß hatten sich

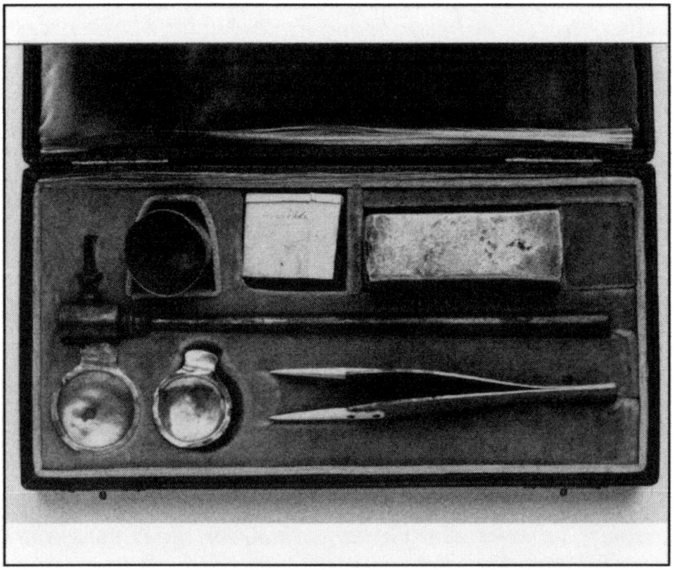

Original-Lötrohrbesteck von Friedrich Wöhler. Das Lötrohr ist ein Geschenk von Berzelius an Wöhler (1823).

die Atome offenbar umgelagert und aus dem anorganischen Ammoniumcyanat den organischen Harnstoff entstehen lassen.

Noch ganz unter dem Eindruck dieser reichlich unplanmäßigen Sensation schrieb der junge Wissenschaftler übersprudelnd vor Mitteilungsdrang am 22. Februar 1828 seinem geliebten Lehrer Berzelius: *»Lieber Herr Professor! Obgleich ich sicher hoffe, daß mein Brief vom 12. Jan. und das Postskript vom 2ten Februar bey Ihnen angelangt sind, und ich täglich oder vielmehr stündlich in gespannter Hoffnung lebe, einen Brief von Ihnen zu erhalten, so will ich ihn doch nicht abwarten, sondern schon wieder schreiben, denn ich kann, so zu sagen, mein chemisches Wasser nicht halten und muß Ihnen sagen, daß ich Harnstoff machen kann, ohne Nieren oder überhaupt ein Thier, sey es Mensch oder Hund, nöthig zu haben ...«*

Und nachdem Friedrich Wöhler die genauen chemischen Abläufe zu Papier gebracht hatte, berichtete er weitere Einzelheiten: *». . . es bedurfte nun weiter Nichts als einer vergleichenden Untersuchung mit Pisse-Harnstoff, den ich in jeder Hinsicht selbst gemacht hatte, und dem Cyan-Harnstoff. Wenn nun, wie ich nicht anders sehen konnte, bey der Zersetzung von cyansaurem Blei durch Ammoniak kein anderes Product als Harnstoff entstanden war, so mußte endlich, zur völligen Bestätigung dieser paradoxen Geschichte, der Pisse-Harnstoff genau diesselbe Zusammensetzung haben wie das cyansaure Ammoniak. Und dies ist in der That nach Prouts Analyse der Fall . . . Diese künstliche Bildung von Harnstoff – kann man sie als ein Beispiel von Bildung einer organischen Substanz aus unorganischen Stoffen betrachten?«*

Berzelius' Antwort ließ nicht lange auf sich warten: *»Nachdem man seine Unsterblichkeit beim Urin angefangen hat, ist wohl aller Grund vorhanden, die Himmelfahrt bei demselben Gegenstand zu vollenden, und wahrlich, Herr Doktor hat wirklich die Kunst gefunden, den richtigen Weg zu einem unsterblichen Namen zu gehen . . ., und sollte die Qantität des artifiziellen (Harnstoffs) nicht genügen, so kann man leicht mit ein wenig aus dem Nachttopf supplieren.«*

Dieser scherzhaften Würdigung der Erfolge seines einstigen Schützlings folgte noch im selben Jahr die Ernennung Wöhlers zum Professor.

Wesentlich weitgreifender als Wöhlers persönliches Leben veränderte sich jedoch die chemische Welt: Ihr Mythos der Lebenskraft war entzaubert. Denn durch die zufällige Umwandlung des Ammoniumcyanats in Harnstoff war es ja gelungen, die chemischen Verbindungen des Lebens als nichts anderes als ganz normale chemische Verbindungen ohne geheimnisvolle Kräfte bloßzustellen.

Und genau dies nahmen gewisse Kreise dem achtundzwanzigjährigen Friedrich Wöhler höchst übel. Die Gruppe der *»Vitalisten«*, jener Leute also, die fest an die Lebenskraft glaubten, begann, Wöhler das chemische Leben schwerzumachen.

Probe des ersten künstlichen Harnstoffs von Wöhler, 1828.

Ihnen bereitete Sorge, daß das Prinzip der Chemie im Reich der Mineralien nun plötzlich das gleiche sein sollte wie in der Tier- und Pflanzenwelt. Hieße das nicht letztlich, der Mensch bestehe aus den gleichen primitiven Verbindungen wie ein lumpiger Stein?!
Nur wenige waren bereit, dies anzuerkennen. Die anderen zogen es vor, die Wahrheit zurechtzubiegen. Eifrig argumentierte man, daß Wöhlers organischer Harnstoff von seinem Ursprung her doch aus organischen Substanzen hergestellt worden sei; denn Cyan bestehe gemeinhin aus Schlachthausabfällen und das Ammoniak aus Eiweißstoffen. Eines »übersah« man im gegnerischen Lager dabei allerdings geflissentlich, nämlich die Tatsache, daß der anorganische Chemiker Wöhler seine Ausgangsstoffe zur Beweisführung aus Mineralien gewonnen hatte.
Der entrüstete Aufschrei der Vitalisten konnte daher nicht verhindern, daß Wöhlers Entdeckung die beiden großen Zweige der organischen und anorganischen Chemie allmählich zusammenwachsen ließ. Im Eifer des Gefechtes löste diese erste Herstellung eines tierischen Stoffes sogar eine gründliche Umstellung des Denkens über das Phänomen des Lebens aus. Nun, da die für unüberschreitbar gehaltene Grenze zwischen belebter und unbelebter Natur plötzlich beseitigt worden war, wurde alles für »machbar« gehalten. War es nicht gelungen, einen menschlichen Stoff künstlich herzustellen? So sollte es wohl bald möglich sein, alle Stoffe zu synthetisieren und schließlich – den ganzen Menschen.
Selbst Berzelius hatte sofort nach Erhalt der Wöhlerschen Zeilen einen Blick in die Zukunft gewagt und seinem Schüler in dem bereits erwähnten Antwortbrief weiter vorhergesagt: *»Sollte es nun gelingen, noch etwas weiter im Produktionsvermögen zu kommen . . ., welch herrliche*

Friedrich Wöhler. Medaille in Bronze, vergoldet von E. Lürssen, 1880.

Kunst, im Laboratorium . . . ein noch so kleines Kind zu machen. – Wer weiß? Es dürfte leicht genug gehen . . .«

Der Gedanke an einen künstlich hergestellten Menschen faszinierte auch Philosophen und Künstler. Sogar Johann Wolfgang von Goethe, der zur Zeit von Wöhlers Harnstoffsynthese gerade am zweiten Teil seiner Fausttragödie schrieb, erhielt durch die Umwälzungen die Anregung für Fausts *»Homunkulus«*.

Und der unfreiwillige Revolutionär, dem wir dies alles zu verdanken haben?

Bis ins hohe Alter hinein experimentierte und beobachtete der von allen geachtete Forscher weiter. Allerdings nur selten auf dem Gebiet der organischen Chemie, der er nach wie vor nichts abgewinnen konnte. Ihre Entwicklung, die er persönlich eingeleitet hatte, verlief für ihn, wie er einmal gestand, zu turbulent, als daß er sie in seinen späteren Jahren noch hätte nachvollziehen können.

Friedrich Wöhler starb im Alter von 82 Jahren in Göttingen. Dort, wo er von 1836 an gewirkt hatte, erinnert noch heute als höchste Form der Ehrung das Wöhler-Denkmal an einen der bedeutendsten Chemiker seiner Zeit.

Redegewandt, energisch und talentvoll: Louis Daguerre war schon mit dreiundzwanzig Jahren eine Pariser Berühmtheit.

EIN HOLZSCHRANK HAT'S IN SICH

Louis Daguerre gelingt der Durchbruch zur Photographie

Wohl schon immer hegte der Mensch den Wunsch, seine Welt in Bildern festzuhalten. Der Steinzeitmensch schmückte die Höhle mit Zeichnungen springender Hirsche, die alten Römer ihre Bäder mit nur leicht bedeckten Frauen, die Kirchenfürsten des Mittelalters ihre Kathedralen mit ebenso himmlischen Darstellungen von Heiligen in prachtvollen Gewändern oder, je nach Eitelkeit, von sich selbst. Ja, über die Jahrtausende hinweg war es dem Menschen gelungen, herrliche Gemälde in strahlendsten Farben zu schaffen. Und er stand vor ihnen, bewunderte und staunte. Doch dann brauste die zweite Hälfte des 18. Jahrhunderts über Europa hinweg und bescherte Frankreich die Revolution. Eine ausgebeutete Menge forderte die Köpfe des auf ihre Kosten prassenden Adels, erhielt sie auch – und verabscheute nach diesen denkwürdigen Ereignissen des Jahres

1790 mit einem Male alles, was mit Protz und Prunk zusammenhing. *»Retour à la nature«*, zurück zur Natur, war nun das Motto, und als »Trendsetter« betätigten sich neben den Naturwissenschaftlern vor allem die Maler.

Immer feiner wurden ihre Pinselstriche, immer verliebter in die kleinsten Einzelheiten, und das neu gesteckte Ziel fiel allen ins Auge: die möglichst naturgetreue Wiedergabe der Wirklichkeit.

Louis Jacques Mandé Daguerre, der 1787 in einem kleinen französischen Provinzstädtchen das unruhige Licht der Welt erblickt hatte, gefiel dieser neue Wind in der Malerei ausgesprochen gut. Louis, wie ihn alle nannten, war 1804 mit gerade siebzehn Jahren ins große Paris gereist, um sich dort als Zeichner ausbilden zu lassen.

Schon zu Hause hatte er immer wieder Spaß daran gehabt, sein schlichtes Elternhaus samt der Bewohner so naturgetreu wie möglich auf Papier zu bannen. Nun, als Bühnenmalerlehrling an der Pariser Oper, lebte er diese Lust voll aus. Allerdings nur, wenn er nicht gerade bemüht war, sich als Seiltänzer oder Statist sein karges Einkommen ein wenig aufzubessern, um dieses als gern- und oftgesehener Gast in Künstlerkneipen wieder unter seine zahlreichen Freunde bringen zu können.

Doch wenn Daguerre malte, dann malte er mit Leidenschaft. Er verstand es, ganze Landschaften in einer Perfektion wiederzugeben, die den Zuschauern vorgaukelte, tatsächlich am Ort des Geschehens zu sein. Besonderen Wert legte Louis Daguerre dabei auf Lichteffekte.

Und als er schließlich anläßlich des schaurig-schönen Rührstückes *»Der Vampir«* auf die gänsehauttreibende Idee verfiel, den bleichen Mond über einer gespenstischen Friedhofsszenerie nicht nur aufgehen, sondern durch wabernde Nebelbänke wandern zu lassen, wurde Daguerre im zarten Alter von dreiundzwanzig Jahren sozusagen über Nacht zu einer Pariser Berühmtheit.

Diorama von Louis Daguerre. Holzstich, 1882.

Auftrag reihte sich nun an Auftrag und füllte die Taschen des jungen Mannes endlich mit genügend Mitteln, sich seinen ausschweifenden Lebensstil sogar leisten zu können. Nach ein paar Jahren war Daguerre darüber hinaus in der Lage, sein größtes Abenteuer zu wagen. An einem belebten Pariser Boulevard ließ der Künstler, der inzwischen geheiratet hatte, im Jahr 1822 ein *»Diorama«* erbauen.
Dieser riesige Rundbau bot Daguerre endlich die Möglichkeit, ganze Landschaften, aber auch Innenansichten berühmter Kathedralen oder historische Ereignisse so wirklichkeitsnah zu gestalten, wie er es sich immer gewünscht hatte. Gewaltige leichtdurchlässige Leinwände von zehn bis zwölf Metern Höhe und Breite wurden mit dem Ausbruch des Vesuvs bepinselt und ergaben zusammen mit raffinierten Beleuchtungseffekten und der passenden Ge-

räuschkulisse jene vollkommene Illusion, die die sensationshungrigen Pariser in Scharen strömen ließ. Und ein Jahr später schon mußte auch kein Londoner mehr an die Küste fahren, wenn er einen Sonnenaufgang über dem Meer erleben wollte – ein Besuch im nagelneuen Diorama seiner Stadt genügte vollkommen.

Ja, Natur war begehrt, selbst wenn sie nur vorgetäuscht wurde. Immer rascher wechselten die gigantischen Dekorationen der Dioramen, um die ungeheure Gier des Publikums zu befriedigen. Die Arbeit für Louis Daguerre und seine Mitarbeiter wuchs ins Uferlose.

»Wenn es doch wenigstens eine Möglichkeit gäbe, die Wirklichkeit schneller auf Papier zu bannen!« grübelte Daguerre. Dieses mühselige Abzeichnen der Natur, das jedesmal notwendig war, wenn er die Eindrücke seiner Reisen für das Diorama festzuhalten versuchte, machte den temperamentvollen Mann ganz kribbelig. Die »Natur sich selbst abbilden zu lassen«, ja, das wäre eine feine Sache!

Ein klein wenig gab es das sogar schon. Bereits im 13. Jahrhundert war ein englischer Naturphilosoph namens Roger Bacon auf den Gedanken gekommen, eine sogenannte *»Camera obscura«* zu bauen. Bacon hatte beobachtet, daß das Licht, wenn es durch ein enges Schlüsselloch gebündelt in eine dunkle Kammer dringt, auf der gegenüberliegenden inneren Wand der Kammer ein zwar auf dem Kopf stehendes, seitenverkehrtes, aber scharfes Bild der Außenwelt zaubert.

Bacons daraufhin konstruierte *»Camera«* war also nichts anderes als ein großer schwarzer Kasten, in den sich der Zeichner nur noch hineinzustellen brauchte, um die Umrisse des Bildes nachfahren zu können.

Aber irgendwie schienen einige undankbare Menschen mit dieser genialen Erfindung noch nicht völlig zufrieden zu sein. Eifrig beschäftigten sie sich mit der Verbesserung der Kamera, bis es einem Würzburger Mönch in der ersten

Hälfte des 17. Jahrhunderts gelang, eine recht handliche Ausgabe zu entwerfen. Ein ausgeklügeltes Spiegelreflexsystem sorgte dafür, daß das Bild, das an der hinteren Wand nun auf einer mattgeschliffenen Glasplatte entstand, endlich nicht mehr seitenverkehrt war und vor allen Dingen aufgerichtet von außen zu betrachten war.
Nur eines fehlte dieser Kamera: die Möglichkeit, das Bild ohne Zeichenstift festzuhalten. Und so blieb Künstlern wie van Delft oder Canaletto auch weiterhin nichts anderes übrig, als brav die Umrisse des an die Glasplatte geworfenen Bildes nachzufahren, wenn sie ein Motiv möglichst naturgetreu wiedergeben wollten.
Es sollte das Werk Louis Daguerres werden, die Benutzer der Kamera aus dieser mißlichen Lage zu befreien.
Um sich die Arbeit für seine Dioramen wenigstens ein bißchen zu erleichtern, war nämlich auch Daguerre auf sei-

Diese Camera obscura aus der Mitte des 17. Jahrhunderts war so groß, daß der Künstler darin bequem die auf einen Bogen geworfenen Bilder nachzeichnen konnte.

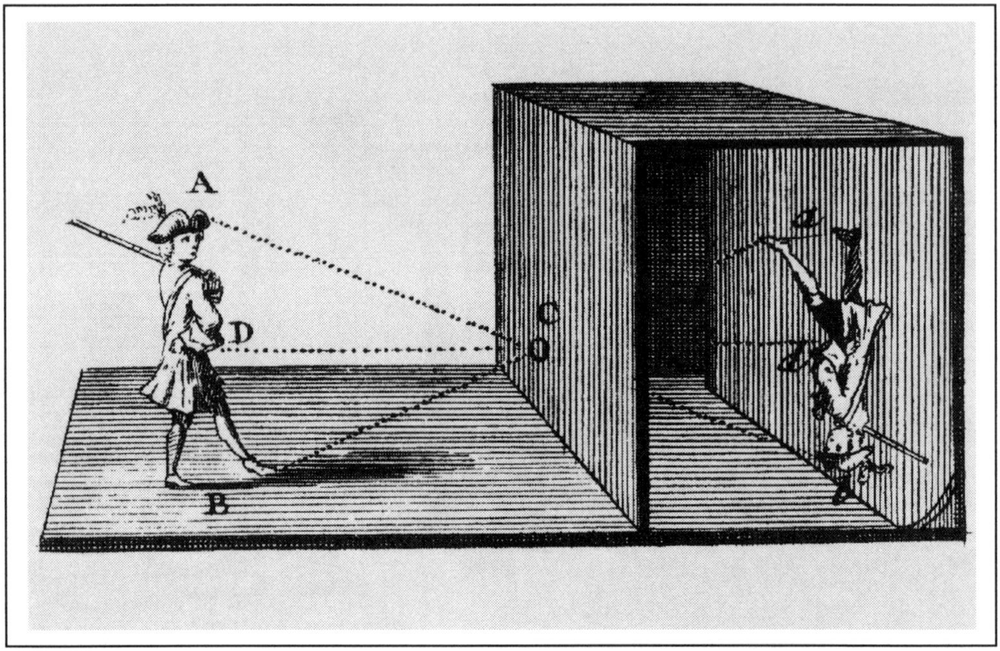

Camera obscura aus der zweiten Hälfte des 18. Jahrhunderts. Kupferstich.

nen Reisen immer öfter dazu übergegangen, eine Camera obscura zu verwenden. Aber sogar dieses vereinfachte Nachzeichnen der Natur erschien dem stürmischen Charakter zu mühselig.

Voller Elan begab er sich in seinen knapp bemessenen freien Stunden daher daran, eine Lösung zu finden, die es ermöglichen sollte, Bilder festzuhalten, ohne einen Stift zu bemühen. Frau Daguerre bereitete dieses Treiben ernsthafte Sorgen. Nicht nur, daß ihr Gatte einen großen Teil der Einkünfte aus den Dioramen in die Verwirklichung seiner seltsamen Idee steckte, nein, bald schlief der arme Louis auch zunehmend schlechter. Es schien, als könne er kaum mehr an anderes denken, als Bilder auf polierten Metallplatten zu erhalten. Dabei war ihr Mann doch Maler, warum nahm er nicht den Pinsel zur Hand?! Statt Farbtöpfen stapelten sich in Daguerres Arbeitszimmer dagegen aller-

lei verschiedene Chemikalien, von denen der Künstler gelesen hatte, daß sie auf Licht empfindlich reagieren. Sorgfältig säuberte Daguerre im Laufe des Jahres 1825 unzählige Platten aus Kupferblech, trug darauf den einen oder anderen lichtempfindlichen Stoff auf, schob die so vorbereitete Platte vorsichtig in die Kamera und wartete ab, bis er sie genug belichtet glaubte.
Anschließend zog er die Platte ebenso vorsichtig wieder aus dem Kasten und betrachtete im abgedunkelten Schein einer Öllampe das Bild in seinen Händen.
Was Daguerre in solchen Augenblicken sah, war allerdings selten geeignet, dem Künstler Schreie des Entzückens zu entlocken. Andererseits wiederum entmutigten ihn die Ergebnisse seiner Experimente nicht völlig, denn immerhin erzeugte Daguerre mitunter recht erstaunliche Aufnahmen. Dieses nervenaufreibende Auf und Ab in den Erfolgen Louis Daguerres war auf die notwendige lange Belichtungszeit zurückzuführen. Nur selten, wenn die Sonne gleißend vom Himmel stach, konnte sie kurz genug gehalten werden, um die Bildqualität zu Daguerres Zufriedenheit ausfallen zu lassen. Normalerweise jedoch benötigten selbst die lichtempfindlichsten Substanzen mehrere Stunden, um sich unter dem Einfluß des durch die enge Linse einfallendes Lichtes auf der Platte dunkel zu färben und so als Negativ das abzubilden, was vor der Kamera zu sehen war. Dort wiederum ereignete sich in dieser langen Zeit in der Regel unerfreulich viel.
Die Sonne zeigte wenig Ehrfurcht vor Daguerres Bemühungen um Schärfe, wanderte tatendurstig weiter und warf auf diese Weise immerzu andere Schatten auf all die lieblichen Täler oder Berge, die Daguerre für immer festzuhalten versuchte. Die Folgen waren Verzerrungen, die Daguerre maßlos ärgerten. Doch selbst die wenigen gelungenen Bilder erfreuten Daguerre nur im dunklen Kämmerlein. Denn wegen der lichtempfindlichen Stoffe durfte der

Der glücklose Joseph Nicéphore Niepce, Miterfinder der Photographie, 1765–1833. Nach einem Gemälde von L. Berger.

Künstler die belichteten Platten nie außerhalb seines Arbeitszimmers betrachten. Tat er dies, färbte sich die ganze Platte dunkel, und die Aufnahme verdarb.

In diesem etwas festgefahrenen Stadium seiner Versuche erfuhr Daguerre von seinem Optiker Chevalier den Namen eines Landsmannes, der ebenfalls seit längerem mit der Kamera experimentierte. Er hieß Nicéphore Niepce. Dem recht freudlosen Lebensweg dieses Mannes läßt sich entnehmen, daß Niepce bis auf das große Interesse für den klobigen, dunklen Holzkasten des Würzburger Mönches mit Daguerre so gut wie nichts gemeinsam hatte. Hier präsentierte sich der aus einfachen Verhältnissen zu Wohlstand und Ruhm aufgestiegene Großstädter Daguerre, ganz Lebemann, charmant, voller Selbstvertrauen; dort verkroch sich auf seinem Landsitz der um zweiundzwanzig Jahre ältere Niepce, aus gutem Hause, doch verarmt, knöchern – und vor allen Dingen grenzenlos mißtrauisch. Dieses Mißtrauen war es, das den bedauernswerten Niepce davon abhielt, die Ergebnisse seiner bisherigen Bemühungen vor Daguerre so ohne weiteres auf den Tisch zu legen.

Erster Versuch einer photographischen Aufnahme von Niepce, 1826. Die Belichtungszeit betrug acht Stunden!

Schon daß der ansonsten doch ehrenwerte Optiker Chevalier, bei dem er wie Daguerre seine Kameralinsen zu bestellen pflegte, seinen Namen an einen Dritten weitergeplaudert hatte, ließ Niepces sorgsam geglättete Haarspitzen erzittern. Was konnte dieser Daguerre aus Paris, der ihm da nun schrieb und bereits in diesem ersten Brief leutselig von den eigenen lächerlichen Versuchen berichtete, schließlich anderes wollen, als ihm sein Geheimnis zu entreißen?

Und so dauerte es vier ganze Jahre, bis die beiden Herren zu einer für beide Seiten zufriedenstellenden Lösung gelangten. Der Vertrag wurde im Dezember 1829 geschlossen. Darin hieß es: *»Herr Niepce bringt in die Gesellschaft seine Erfindung ein. Herr Daguerre bringt . . . seine Talente und seine Geschicklichkeit ein. Die Erfindung darf selbst im Falle des Ablebens eines Teilhabers nur unter dem Namen Niepce-Daguerre veröffentlicht werden.«*

Die »Geheimnisse«, die Daguerre nun von Niepce als fein säuberliche Niederschrift erhielt, hauten Daguerre nicht gerade um. Zugegeben, Niepces Verfahren erzeugte ein vorzeigbares Bild. Doch war es in den Augen Daguerres, dem es so sehr darauf ankam, Zeit zu sparen, reichlich unpraktisch. Außerdem waren Niepces Aufnahmen noch unschärfer als seine eigenen Produkte, da die von Niepce verwendete Asphaltschicht deutlich noch weniger lichtempfindlich reagierte als die Silberschicht, die Daguerre mittlerweile am häufigsten verwendete, um seine Metallplatten zur Aufnahme vorzubereiten.

Angesichts dieser Sachlage setzten es sich die beiden Vertragspartner zum obersten Ziel, eine möglichst lichtempfindliche Schicht zu entwickeln, um so die Belichtungszeit senken zu können. Doch reichlich glücklos experimentierten die beiden Männer vor sich hin, der eine in Paris, der andere auf dem Lande. Nur mühsam kam Daguerre voran, als er 1831 auf die Idee verfiel, seine versilberten Kupferplatten schon vor der Aufnahme mit Jod zu behandeln. Und als Niepce im Sommer 1833 von einem Schlaganfall aus seinem glücklosen Leben gerissen wurde, war Daguerre wieder ganz auf sich allein gestellt. Entschlossen verbesserte er das Jodverfahren. Aber selbst mit den besten, lichtempfindlichsten jodierten Platten blieb die Belichtungszeit während der Aufnahmen unerträglich lang. Bis die Sache mit dem Schrank geschah. Oder ist es besser zu sagen: »Bis die Sache mit dem Schrank geschehen sein soll«? Denn da Daguerre selbst leider nie niederschrieb, wie er auf sein sensationelles Verfahren verfiel, wunderschöne Silberbilder herzustellen, bleibt an dieser Stelle nichts anderes übrig, als die Legende zu erzählen, die sich bald hartnäckig um dieses Ereignis rankte.

Demnach begann wohl alles damit, daß sich an einem Tag des Jahres 1834 oder 1835 der blaue Himmel plötzlich mit dunklen Regenwolken dekorierte, während Daguerre noch bemüht gewesen war, eine Aufnahme anzufertigen. Da in dieser Hinsicht ohne Sonne aber nun einmal nichts zu machen war, zog der Künstler die nur kurz belichtete Platte aus der Kamera. Er betrachtete sie prüfend. Wie immer in solchen Fällen war nicht das geringste darauf zu erkennen. Mißmutig legte Daguerre die Platte daher bis zur weiteren Verwendung in den alten, knorrigen Holzschrank, in dem er auch seine Chemikalien aufbewahrte, und wandte sich anderen Dingen zu.

Als Daguerre am nächsten Tag den Schrank öffnete, staunte er jedoch nicht schlecht, als ihm von der Platte das fertige Bild des gestrigen Motives entgegenstrahlte. Mehr noch: die Aufnahme war gelungener als je zuvor – und positiv! Jede Einzelheit war zu erkennen; bestechend scharf traten die Konturen hervor und zeichneten sich als Krönung des Ganzen durch einen noch nie dagewesenen silbernen Glanz aus. Vor Daguerre stand die, wenn auch spiegelverkehrte, perfekte Wiedergabe der Wirklichkeit. Nur schöner. Als Daguerre endlich begriffen hatte, was er sah, begann er, von ungeheurer innerer Spannung getrieben, dem Schrank zu Leibe zu rücken. Irgendwo in den Fächern dieses Möbelstückes mußte das Geheimnis schließlich stecken. Wie Louis Daguerre dem alten Schrank zu Leibe rückte, darüber allerdings scheiden sich die Geister der Legendenerzähler. Darf man denen glauben, die Daguerre möglichst rasch zum Erfolg verhelfen wollten, so prüfte der Künstler im Anschluß an seine Entdeckung zunächst sorgfältig die ganze Anzahl der mit Chemikalien gefüllten Flaschen. Eine nach der anderen holte Daguerre aus den Fächern, untersuchte ihre Verschlüsse, und schließlich stand der gesamte Inhalt des Schrankes im Arbeitszimmer herum, ohne daß irgend etwas Interessantes zu finden gewesen wäre. Da entdeckte Daguerre als letztes in den Ritzen des Brettes, auf dem die Platte gestanden hatte, einige winzige, silbrig glänzende Kügelchen . . .

Andere Geschichts- und Geschichtenschreiber gönnen Daguerre das Aufspüren der silbernen Kügelchen dagegen erst nach Tagen nervenaufreibenden Herumprobierens. Denn ihren Erzählungen zufolge stellte Daguerre jeden Tag eine neue zu kurz belichtete Platte in den Schrank und entfernte gleichzeitig jeden Tag eine andere Chemikalie aus dem Schrank. Am anderen Morgen hoffte er dann jeweils durch das Ausbleiben der Entwicklung erkennen zu können, welche Substanz für den überraschenden Erfolg zuständig gewesen war.

Doch jeden Morgen dasselbe Ergebnis – jeden Morgen eine strahlend entwickelte Bildplatte. Bis Daguerre den Schrank völlig geleert hatte. Da entdeckte er als letztes . . . – Aber das hatten wir ja bereits. Die winzigen Kügelchen, bei denen sich die verschiedenen Legendenfassungen nun wieder in schöner Einigkeit aneinanderschmiegen, waren nichts Schlichteres als Quecksilber. Sollten es seine Dämpfe gewesen sein, die die Platte verzaubert hatten?

Und wirklich, als Daguerre eine weitere, eilends hergestellte, hoffnungslos unterbelichtete Kupferplatte über ein mit Quecksilber gefülltes Schälchen stellte, ereignete sich dieselbe »Hexerei«: Das aufgenommene Bild erschien in vollendeter Klarheit. Soweit die Legende.
Woher das Quecksilber im Schrank stammte, ist ungewiß. Vielleicht war es aus einem zerbrochenen Thermometer gekullert oder aus einer älteren Flasche ausgelaufen und hatte so verdampfen können.
Doch wie dem auch gewesen sein mag, fest steht, daß Louis Daguerre mit dem Quecksilber plötzlich über ein Mittel verfügte, das die gefürchtete Belichtungszeit von mehreren Stunden auf geradezu lächerlich wenige Minuten verringerte. Und kaum hatte Daguerre diese segensreiche Wirkung des Quecksilbers erkannt, machte er sich mit neuem Schwung daran, aus seiner Entdeckung ein leicht zu handhabendes Verfahren zu entwickeln.
Selbst die Haltbarmachung des Bildes gelang nach einiger Zeit. Dem Triumphzug der *»Daguerreotypien«*, wie Daguerre seine Bilder stolz bezeichnet haben wollte, stand nichts mehr im Wege.
Da mochte Wöhlers alter Lehrmeister Berzelius in Stockholm noch sosehr mit dem Kopf wackeln und nichts von diesem neumodischen Kram halten und der »Leipziger Anzeiger« im Jahre 1839 sogar behaupten, daß es *»ein Ding der Unmöglichkeit«* sei, *»flüchtige Spiegelbilder festhalten zu wollen, wie es sich nach gründlicher deutscher Untersuchung herausgestellt hat«*, ja, *»schon der Wunsch, dies zu wollen, ist Gotteslästerung«;* die begeisterten Stimmen überwogen.
Diese würdigten die silbern glänzenden Aufnahmen Daguerres als *»Produkte von unbeschreiblicher Schönheit«*, nannten sie *»ein Wunder«* und zeigten sich wie der dänische Märchendichter Hans Christian Andersen von ihnen *»ganz entzückt«*. Andere wollten gar *»den Verstand verlie-*

Daguerreotypie.

ren, wenn man diese von der Natur selbstgeschaffenen Bilder sieht«.

Die meisten Bürger begnügten sich glücklicherweise jedoch damit, bei klarem Denkvermögen eine Porträtaufnahme von sich fertigen zu lassen.

Jeder, der es sich irgendwie leisten konnte, saß geduldig vor den geheimnisvoll schwarzen Kästen der meist mit einem flotten Schlapphut und einer Samtjacke angetanen *»Daguerreotypisten«* und ließ sich von diesen ersten Berufsphotographen *»daguerreotypieren«.*

Als Ergebnis dieser Bemühungen trug man anschließend mit stolzgeschwellter Brust ein kleines Metallplättchen nach Hause mit dem eigenen, durch immerhin noch minutenlanges Stillhaltenmüssen verständlicherweise etwas angestrengt blickendem Konterfei.

Gerahmt hing es alsbald zur allgemeinen Bewunderung an der Wand oder ruhte in mit Samt oder Seide ausgeschlagenen kostbaren Lederetuis.

Daguerre genoß den Ruhm, den ihm die *»Silberbilder«* eintrugen. Neider kreideten ihm sogar an, aus purer Sucht nach Bewunderung jenen Teil des Vertrages mit Niepce gebrochen zu haben, der vorsah, das fertige Verfahren mit den Namen beider Erfinder zu benennen. Und tatsächlich geht aus einem Briefwechsel Daguerres mit dem Sohn Niepces hervor, daß der vornehme Herr aus Paris dem reichlich verarmten Erben nahelegte, den Namen *»Daguerre«* ohne das lästige Anhängsel *»Niepce«* in die Welt hinausklingen zu lassen . . .

Ja, Daguerre war süchtig nach Anerkennung. Geld hingegen bedeutete ihm anscheinend weniger. Denn als die Preisgabe seines Verfahrens an den französischen Staat Daguerre eine lebenslange, jährliche Rente von 6 000 Francs sicherte, sorgte er persönlich dafür, daß Niepces Sohn, wie vertraglich vorgesehen, eine ebensolche jährliche Zuwendung von 4 000 Francs erhielt.

Louis Daguerre wurde im Juli 1851 im Beisein höchster Würdenträger zu Grabe getragen. Seine durch Zufall entdeckte Kunst, bezaubernde Silberbilder zu schaffen, überlebte ihn nur um wenige Jahre.
Schon zu seinen Lebzeiten hatten Tüftler in aller Welt begonnen, seine *»Sonnendiebstahlsmalerei«* nachzuahmen und zu verbessern. Man erfand das Negativ-Positiv-Verfahren, schuf die Möglichkeit, Kopien zu fertigen, benutzte anstelle der unhandlichen Platten schließlich den Film, der uns heute allen vertraut ist – und verringerte die Belichtungszeit auf den hundertsten Teil einer Sekunde.
Den Weg hierfür öffneten ohne Zweifel Louis Daguerre und Nicéphore Niepce. Vielleicht sollten wir beim nächsten kurzen Druck auf den Auslöserknopf deshalb ein wenig an diese etwas in Vergessenheit geratenen Herren denken. Und natürlich an einen alten, knorrigen Holzschrank.

Erste nach Deutschland gelangte Originalkamera von Daguerre mit dessen Handschrift und Siegel, 1839.

WIE PHÖNIX AUS DER ASCHE

William Perkin gelingt die Synthese des ersten künstlichen Farbstoffes

William Henry Perkin bereitete seiner Familie eine Nacht, die sie nie vergessen sollte . . .

Seit Friedrich Wöhler im Jahre 1828 unfreiwillig die »Lebenskraft«, dieses Tabu in der künstlichen Herstellung organischer Stoffe, entzaubert hatte, war eine ganze Reihe fortschrittlicher Chemiker von dem Wunsch beseelt gewesen, aus allen nur denkbaren unorganischen Stoffen alle nur denkbaren organischen Stoffe hervorzubringen.
Alles schien seit Wöhlers Entdeckung in dieser Hinsicht mit einem Male machbar. Und so experimentierte man voller Leidenschaft mit allen möglichen Stoffen der unbelebten Natur, immer in der Hoffnung, im nächsten Augenblick statt dessen irgendeine Verbindung des Tier- oder Pflanzenreiches im Reagenzglas vorzufinden. Ein Stoff der unbelebten Natur stand für diese Versuche dabei besonders reichlich zur Verfügung: der Steinkohlenteer.
Die schwarze Masse war ein lästiges Abfallprodukt. In ungeheuren Mengen fiel sie bei der Herstellung von Leuchtgas für die Gaslaternen an, die in den Großstädten Europas seit Beginn des 19. Jahrhunderts für ein völlig neues Lebensgefühl sorgten, nachdem Arbeiter einer Kokerei (durch Zufall!) entdeckt hatten, daß das beim Verkoken entweichende Gas hervorragend dazu geeignet war, Licht

Beleuchtung des Place de la Concorde in Paris. Holzschnitt, 1844.

in das Dunkel ihrer Nachtschichten zu bringen. Zum anderen entstand Steinkohlenteer bei der Verkokung von Steinkohle, wenn es darum ging, Koks für die Stahlwerke zur Herstellung von Eisen zu erzeugen.
Das Eisen wiederum war seit Beginn der industriellen Revolution mit ihrem großen Bedarf an Maschinen besonders in England heiß begehrt.
Und so verunzierte der ungeliebte Steinkohlenteer die Gegend bald in riesigen, düster wirkenden Halden, wobei er zu allem Überfluß auch noch bedauerlich unangenehme Düfte von sich gab.
Nun gehören Chemiker zu den beneidenswerten Menschen, denen Gestank meist nicht allzuviel ausmacht. Im Gegenteil, zusammen mit der tiefschwarzen Farbe verlieh er dem Teer in ihren Nasen und Augen vielmehr etwas Ge-

heimnisvolles, das eher ihre Neugier als die Schleimhäute reizte. Warum nicht ein wenig in dem Zeug herumrühren und es untersuchen? fragten sich die Chemikerseelen, die tief in ihrem Inneren wohl noch immer von den guten alten Zeiten der Alchimie träumten.

Das Rühren wurde reich belohnt. Ja, allmählich mauserte sich der Teer zum wahren Tischleindeckdich der Chemiker. Denn wenn man die schwarze Masse nur richtig erhitzte, destillierte und filtrierte, so erhielt man neben manchem anderem so nützliche Dinge wie Karbolsäure und Salmiakgeist für die Apotheken und Ruß für die Druckereien.

Doch erst im Jahre 1856 sollte es einem jungen Engländer namens William Henry Perkin gelingen, dem unansehnlichen Steinkohlenteer zu der Rolle zu verhelfen, die beide berühmt werden ließ: zum Geburtshelfer unserer heutigen chemischen Industrie.

Ganze achtzehn Jahre zählte William, als ihm der Zufall zu dieser Glanztat verhalf. Er war der jüngste Schüler des deutschen Chemikers August Wilhelm Hofmann, der Anfang der fünfziger Jahre seinen Arbeitsplatz von Bonn in die Londoner Oxford Street verlegt hatte, um dort am neuerrichteten *»Royal College of Chemistry«* die ehrenvolle Stelle des Leiters einzunehmen.

Ob Hofmann durch den gerade im aufstrebenden England in ungeheuren Mengen anfallenden Teer auf die Insel gelockt worden war, ist nicht überliefert. Ungelegen kam dem ehrgeizigen Chemiker der Abfall seiner Wahlheimat jedoch auf keinen Fall.

Denn schon in seiner Heimatstadt Gießen hatte Hofmann als junger Assistent des berühmten deutschen »Chemiepredigers« Justus von Liebig versucht, dem Steinkohlenteer das eine oder andere Rätsel zu entlocken.

Bei dieser Suche war auch Hofmann auf einen Stoff gestoßen, den bereits drei andere Chemiker vor ihm entdeckt hatten: Anilin. Drei andere Entdecker vor ihm – und doch weckte dieses ölige Anilin Hofmanns Neugier. Nur zwei der Vorgänger Hofmanns hatten ihr Anilin nämlich ebenfalls aus Teer gewonnen. Dem dritten hingegen war es vergönnt gewesen, sein Anilin aus einem überaus begehrten blauen Farbstoff namens *»Indigo«* herauszudestillieren.

»Anilin ist also im spottbilligen Teer ebenso enthalten wie im sündhaft teuren Indigo«, überlegte Hofmann.

Schlummerte damit in der stinkenden, schwarzen Masse nicht vielleicht die Möglichkeit, strahlend schöne Farben herzustellen?

Künstliche Farben, die die heimischen Stoffärber in Zukunft endlich von der Einfuhr der teuren, aus Pflanzen ferner Länder gewonnenen Farbstoffe, wie eben des Indigos, erlösen würden?

Je länger Hofmann über diese Zusammenhänge nachgrübelte, desto mehr faszinierte ihn die Sache. Auch in England beschäftigte sich der Chemiker daher häufig mit seinem Lieblingsspielzeug Anilin. Höchst elegant gekleidet und stets ungemein gepflegt wies Hofmann die dortigen Mitarbeiter an, sich mit der Herstellung von *»Teerfarben«* zu befassen. Doch sosehr sich die Angestellten auch bemühten, ihrem vornehmen *»Anilin-Jupiter«* endlich eine hübsche Teerfarbe vorweisen zu können – keinem war Erfolg beschieden.

Für seinen jüngsten Londoner Assistenten, den rotschöpfigen und sommersprossigen William, hatte Hofmann dagegen im Hinblick auf den Steinkohlenteer eine Sonderaufgabe vorgesehen.

Ob Hofmann durch das Goethewort *»Man muß jung sein, um große Dinge zu tun«* zu diesem Entschluß gelangt war? Wohl eher lag es daran, daß William Perkin die lehrerfreundliche Eigenschaft besaß, ungewöhnlich eifrig und lernbegierig zu sein. Manchmal schaute er sogar abends noch einmal im Labor vorbei, um ungestört von den Kollegen, die längst bei ihren Familien weilten, seine Versuche

Unscheinbar und doch die Basis für eine neue Industrie: Steinkohlenteer.

zu überdenken. Perkin liebte diese beinahe unheimliche Stille des verlassenen Labors.

Er brauchte keine Kollegen. Wohlgesonnen waren ihm ohnehin nur wenige.

Die Mehrzahl ärgerte sich, daß ihr Chef an dem strebsamen Jungen einen ausgesprochenen Narren gefressen zu haben schien, und nannten William, in Anspielung an den Lieblingsjünger des Herrn, *»Apostel Johannes«*.

Häufig fiel hinter Perkins schmalem Rücken sogar das Wort *»Angeber«*. Nein, da zog es der junge Chemiker schon vor, seine Experimente von Zeit zu Zeit ohne kollegialen »Beistand« fortzuführen.

Zu Beginn des Jahres 1856 grübelte William Perkin an solch einsamen Abenden vor allem über das ihm von Hofmann anvertraute Problem der Herstellung von Chinin nach. Zugegeben, es war eine schwierige Aufgabe, die Hofmann seinem Zögling da aufgebürdet hatte. Doch auch eine höchst ehrenvolle.

Sie wurzelte in Hofmanns neuester Überlegung, daß im Steinkohlenteer vielleicht noch viel wichtigere Dinge verborgen sein mochten als Farben. Wie war es zum Beispiel mit Arzneimitteln?

Als eines der wertvollsten Medikamente der damaligen Zeit galt unumstritten das Chinin. Reich waren die Ärzte mit Arzneien ohnehin nicht ausgestattet. Die Eigenschaft des Chinins, zuverlässig gegen hohes Fieber zu wirken, grenzte daher schon beinahe an ein Wunder.

Nur – Wunder haben meist einen hohen Preis. Mit großem Aufwand mußte das Chinin in Südamerika aus der Rinde eines dort beheimateten Baumes gewonnen werden, bevor es über das große Meer gefahren werden konnte. *»Kurs auf England«* stand oft im Logbuch dieser Schiffe, und das hatte seinen besonderen Grund. Kein anderes Land Europas war zu dieser Zeit schließlich derart erfolgreich wie England, wenn es darum ging, Gebiete im fernen Asien zu erobern. Kein anderes Land Europas handelte sich dadurch aber auch solch gewaltige Probleme mit tropischen Krankheiten ein.

Besonders fürchtete man die Malaria, deren Fieberschübe die englischen Beamten und Soldaten in Indien zu Hunderttausenden erbärmlich beutelten und weitere Kolonialisierungen »unrühmlich« verzögerten.

Gerade bei der Malaria spielte das Chinin seine Vorzüge jedoch voll aus. Denn es linderte die Fieberschübe nicht nur, sondern schützte, rechtzeitig eingenommen, sogar vor der Ansteckung.

William Perkin hatte angesichts dieser Zusammenhänge nur so vor Vaterlandsliebe geglüht, als ihn sein Meister angewiesen hatte, dem unansehnlichen Steinkohlenteer die Zutaten für Englands weiteren Glanz und Gloria zu ent-

reißen. Schon sah sich der begabte junge Mann im Traum auf großen Mengen preiswerten künstlichen Chinins thronen und die Ehrungen des Landes entgegennehmen.
Doch sosehr sich William Henry Perkin auch mühte – mehr als einen Schritt vorwärts und zwei zurück kam er auf seinem patriotischen Feldzug gegen die Malaria nicht voran. Auch in den Ostertagen des Jahres 1856 war Perkin daher abends ins Labor zurückgekehrt, um die Ereignisse des Tages noch einmal in Ruhe zu überdenken.
Er ärgerte sich ein wenig über sich. Wieso nur hatte er am Nachmittag diese seltsame, flockige Masse, die er als Versuchsergebnis erhalten hatte, weggekippt? Sicher, besonders appetitlich hatte sie nicht ausgesehen, und wie Chinin schon gar nicht, als sie dunkel und schmierig in den Ausfluß geglitscht war. Aber war er denn trotz seiner Jugend nicht schon lange genug Chemiker, um wissen zu können, daß nicht alles, was wertvoll ist, auch gleich so aussehen

Michael Faraday (1791–1867), einer der großen Chemiker und Physiker seiner Zeit, Vorbild für Perkin und für viele andere junge Wissenschaftler, hier in seinem Laboratorium der Royal Institution zu London.

muß? Was, wenn das schwarze Zeug vom Nachmittag nun ein Mosaiksteinchen der Chininsynthese gewesen war?
Bei diesem Gedanken wurde dem armen Perkin richtig elend zumute. Nur gut, daß er über seine Versuche stets genau Buch führte.
»Kaliumbichromat« stand dort als erstes zu lesen, *»gelöst in destilliertem Wasser«*. Mit sicherem Griff angelte Perkin dieselbe Flasche wie am Nachmittag vom Regal, füllte einige Spatelspitzen des darin enthaltenen orangeroten Salzes in ein Schälchen und fügte ein wenig destilliertes Wasser hinzu. Zufrieden beobachtete der junge Mann, wie sich das Salz löste und das Wasser rötlich färbte.
»Plus schwefelsaures Anilin« entnahm Perkin den Aufzeichnungen weiter; und folgsam rührte der jüngste Assistent Hofmanns eine kleine Menge dieser Verbindung in die rote Flüssigkeit hinein. Anschließend dampfte Perkin die fertige Lösung über einer kleinen Flamme ein.
Dann löste er die endlich vorliegende feste Masse erneut mit destilliertem Wasser auf, erwärmte die Flüssigkeit schließlich nur noch leicht und erhielt als Lohn dieser umständlichen Prozedur denselben schwarzen Niederschlag wie am Nachmittag.
Perkin nahm einige der Flocken vom Boden des Gefäßes auf und rieb sie nachdenklich zwischen seinen Fingern. Eigenartig, die Finger blieben völlig sauber. Dieser Sache mußte auf den Grund gegangen werden. Also wieder destilliertes Wasser hinzu, immer vorwärts auf dem Weg zum Chinin. Aber seltsam – diesmal ließ sich die Masse nicht mehr im Wasser lösen.
Der junge Chemiker reagierte nur einen kurzen Augenblick überrascht. Ihm war rasch klar, daß die wasserlösliche Eigenschaft der beiden unorganischen Ausgangsprodukte durch die Hitzezufuhr verschwunden sein mußte. Nun, da half nur noch Alkohol. Allerdings nicht, um Perkins aufsteigende Nervosität hinunterzuspülen. Vielmehr

eignete sich das hochprozentige Naß hervorragend zum Lösen der organischen Verbindung, die hier wohl inzwischen vorlag.
Geübt tröpfelte Perkin ein wenig Alkohol auf die Flocken. Dann schüttelte er das Reagenzglas und hielt es dabei in den Schein der Laborlampe, um besser verfolgen zu können, wie sich die schwarzen Flocken der Macht des Alkohols beugen würden. Die zu erwartende dunkle Brühe wollte Perkin weiter untersuchen.
Was der junge Chemieassistent dagegen in Wirklichkeit sah, verschlug ihm beinahe den Atem: aus dem Reagenzglas schimmerte, nein, vielmehr strahlte ihm eine zauberhaft reine, leuchtend hellviolette Lösung entgegen!
Es wird berichtet, daß William Perkin bereits in diesem Augenblick ahnte, welche Kostbarkeit er da in Händen hielt – Teerfarbe. Den Farbstoff, dem Hofmann seit langem erfolglos auf der Spur gewesen war.
Vergessen war daraufhin an jenem Abend der Ostertage 1856 die Suche nach Chinin.
Rasch ergriff Perkin einen der herumliegenden Putzlappen, kippte die violette Flüssigkeit darauf und bereitete dem üblicherweise wenig beachteten Fetzen damit die Ehre, als erstes mit künstlicher Farbe gefärbtes Stoffstück der Welt in die Geschichte einzugehen.
Voller Bewunderung beobachtete Perkin, wie das Tuch die Farbe aufsog, und hängte es zum Trocknen auf einen Ständer. Nun waren auch die Fingerspitzen des Jungen violett gefärbt. Ohne groß nachzudenken versuchte er, die Farbe mit Wasser und Seife abzuwaschen: vergeblich. Perkin war entzückt.
Wozu hier noch warten, bis der veredelte Putzlappen getrocknet war? Aufgeregt suchte Perkin nach dem größten Glaskolben des Labors, schüttete ordentliche Mengen schwefelsauren Anilins und Kaliumbichromat hinein, löste, rührte, dampfte ein, wiederholte all die Handgriffe des

vorhergehenden Versuches wie im Fieber und rannte schließlich gegen 23 Uhr zur Labortür hinaus und zugleich den Nachtwächter des Gebäudes beinahe um. Unter Perkins Umhang schwappte die violette Flüssigkeit im Kolben dabei nicht weniger aufgewühlt, als sich der junge Mann fühlte. Ein gestammeltes: *»Gute Nacht!«*, und schon eilte Hofmanns hoffnungsvoller Assistent weiter, den Stoffresten und Töpfen seiner Mutter entgegen.

Für Familie Perkin folgte eine Nacht, die den Nerven keine übermäßige Erholung gönnte. Selbst der Weg durch die frische Abendluft hatte dem guten William keine Abkühlung beschert. Voller Inbrunst setzte er unter den entsetzten Blicken seiner Mutter im größten Suppentopf heiße Seifenlauge an, und seine Wangen glühten mit dem Herd, an dem er stand, um die Wette.

Anschließend riß der Junge alle möglichen Stoffstücke, denen er habhaft werden konnte, an sich. Seide, Leinen, Baumwolle, alles wanderte nun in die dampfende Brühe, ja, sogar die weiße Batistbluse seiner Schwester, die ihm diese nicht gerade kampflos überließ.

Vor Entsetzen halb gelähmt mußte das arme Mädchen mit ansehen, wie ihr Bruder bald darauf mit der ordentlich gespülten Bluse eine flache Schüssel ansteuerte, in der eine dunkelviolette Flüssigkeit lauerte.

Perkins Herz schlug immer schneller, das seiner Schwester kaum noch – und hinein mit dem Kleidungsstück, im Dienste der Forschung, auch wenn es die Schwester noch nicht so ganz begriff.

Hinein auch mit all den anderen Stoffproben in die dunkle Tunke, bis jede Faser die violette Farbe angenommen hatte, die William Perkin an Malvenblüten erinnerte. *»Mauvein, das wäre doch ein hübscher Name für die Farbe«*, sinnierte der junge Chemiker.

Noch einmal tauchte William die Stoffstücke mit einem Holzlöffel gründlich unter, dann fischte er die Teile einzeln

aus der Schüssel und spülte sie im klaren Wasser aus: Die Farbe hielt.
Der erste Teil des Experimentes war damit erfolgreich verlaufen. Und für Teil zwei – nun, dafür mußte die frischgefärbte Wäsche erst einmal trocknen. Hellwach und erschöpft zugleich hängte Perkin die Teile auf die Leine. Dann hieß es warten.
Der neue Tag sah William Perkin schon wieder in der Küche hantieren, wenn er auch nicht das Frühstück bereitete. Vor allen anderen war er aufgestanden, um endlich zu prüfen, wie echt die Farbe war.
Würden die neuen Versuche die Hoffnungen der Nacht wie eine Seifenblase zerplatzen lassen? Erst zaghaft, dann immer kräftiger wusch und schrubbte der junge Mann die Stoffe, goß erst nur kochendheißes Wasser, doch schließlich sogar Essigsäure, Soda, Salmiak und als Krönung des Ganzen verdünnte Salzsäure darüber – die Farbe zeigte sich völlig unbeeindruckt.
Die Legende erzählt, daß William Perkin an dieser Stelle seine an sich schon leidgeprüfte Familie mit lautem Jubelgeschrei aus den Betten johlte. Aufgeregt berichtete er den schlaftrunkenen Gestalten von seinem Glück, den ersten künstlichen Teerfarbstoff der Welt entdeckt zu haben.
Es ist anzunehmen, daß die Familie diese Sensation nicht gleich in ihrer vollen Tragweite erfaßte.
Doch als die Schwester ihre Bluse entdeckte, die nun makellos hellviolett an der Leine baumelte, ging ein Strahlen über ihr Gesicht. Sie hätte ihrem Bruder nicht schöner zeigen können, wie nützlich seine Entdeckung war. Noch am selben Morgen begab sich William Perkin mit stolzgeschwellter Brust zum Londoner Patentamt.
Es war nicht ganz einfach, dem dortigen Beamten klarzumachen, daß er, der gerade achtzehn Jahre junge Chemieassistent William Henry Perkin, dem ersten künstlichen Farbstoff auf die Spur gekommen war. Erst das Vor-

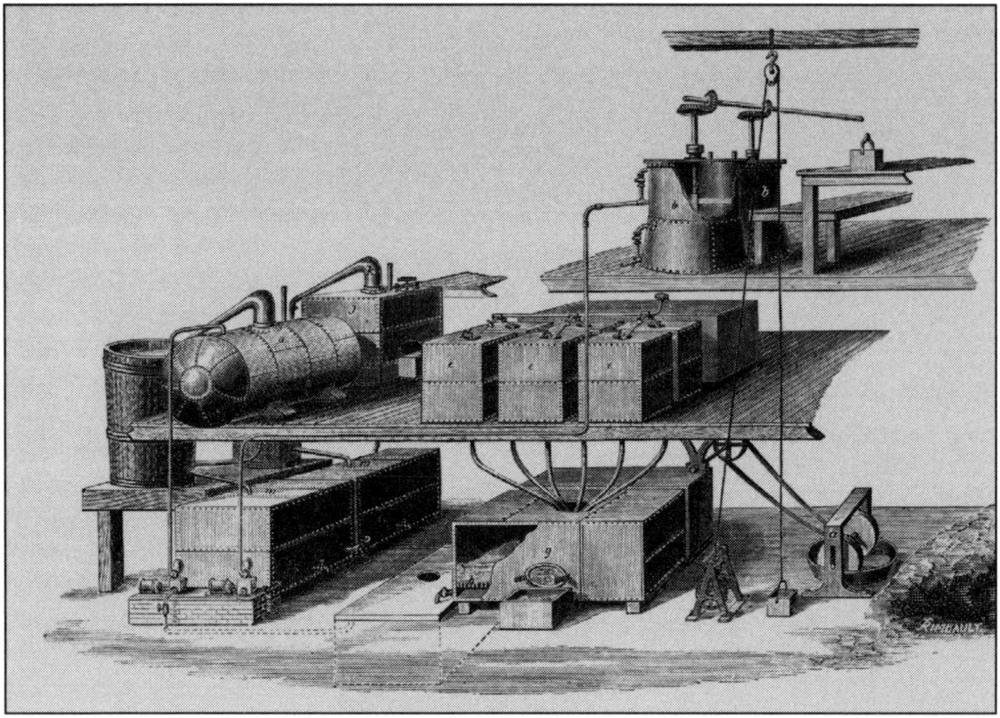

Alizarinherstellung von William H. Perkin. Holzschnitt, 1870.

zeigen der mit *»Mauvein«* verzierten Hände soll den Vertreter der englischen Krone überzeugt haben.

Anschließend eilte Perkin an seinen Arbeitsplatz in der Oxford Street. Es ist nicht überliefert, ob ihm inzwischen nicht doch ein wenig mulmig geworden war, weil er erst das Patent angemeldet hatte, ohne zuvor seinen »geistigen Vater« Hofmann über die Ereignisse der zurückliegenden Stunden unterrichtet zu haben. Sicher – im Recht war Perkin. Er hatte die erste Teerfarbe entdeckt. Die moralische Seite jedoch . . .

Hofmann, der für seine späteren eigenen Farbentdeckungen nie ein Patent anmeldete, mag den Kopf an jenem Morgen aber vor allem wegen eines anderen Umstands ge-

schüttelt haben: Wie viele Jahre hatte er zusammen mit seinen fähigsten Mitarbeitern nach einer Möglichkeit gesucht, Farbe aus Teer zu gewinnen?! Und nun war es dem *»Apostel Johannes«* sozusagen über Nacht gelungen.
Doch Lieblingsschüler hin oder her – gegen den Rat Hofmanns brach William Perkin sein Studium ab. Er hatte sich in den Kopf gesetzt, aus seinem Zufallserfolg Kapital zu schlagen und eine eigene Fabrik zu gründen. Lediglich der Vater mußte noch bearbeitet werden, das gesamte Geld der Familie für Williams Unternehmen zu riskieren. Und schon ein Jahr später zeugte in dem vermutlich grünen Städtchen Greenford Green ein eindrucksvoll violettes Firmenschild von des Sohnes Überredungskunst:

»MAUVEIN FACTORY PERKIN & COMPANY«

stand darauf mit goldenen Lettern zu lesen.
William Perkin leitete die Fabrik zusammen mit seinem Bruder und dem Vater mit großem Geschick. In relativ kurzer Zeit gelang es, die in der Mode seit jeher (farb)tonangebenden französischen Textilfabrikanten und Seidenfärber für die Sensation aus England zu begeistern. Nicht nur der Farbton selbst, auch der Preis überzeugte dabei die einflußreichen Herren, denn kaum eine der seit Jahrhunderten verwendeten pflanzlichen Farben konnte so kostengünstig geliefert werden wie Perkins Mauvein.
Sechzehn Jahre lang leitete William Perkin die Firma in Greenford Green, in der schon bald nicht mehr nur Mauvein erzeugt wurde, sondern auch andere Teerfarbenschöpfungen, die den ersten künstlichen Farbstoff der Welt sogar recht rasch an Beliebtheit übertrumpften.
Dann – mit sechsunddreißig Jahren – leistete sich Perkin den Luxus, sich auf seinen mittlerweile vorhandenen Landsitz zurückzuziehen. Als kleine Abwechslung zur bunten Jugend widmete er sich dort so farblosen Forschungsgebieten wie dem magnetischen Drehvermögen chemischer Verbindungen.

1883 wählte man Perkin zum Präsidenten der Chemischen Gesellschaft in London. Und um das Maß an Ehre vollzumachen, schlug ihn die englische Königin Victoria im Jahre 1906 auf die Schultern. Da sie dazu ein Schwert verwendete, durfte sich Perkin ab diesem Zeitpunkt Ritter nennen. Reich und berühmt starb William Henry Perkin ein Jahr später, in aller Welt anerkannt als der Mann, in dessen Händen an einem Frühlingsabend des Jahres 1856 die Geburtsstunde der heutigen chemischen Industrie geschlagen hatte. Übrigens: Die vollständige Synthese des ersten künstlichen Chinins gelang erst 1944!

Einem Huhn und diesem Mann verdanken Millionen Menschen ihr Leben: Louis Pasteur (1822–1895) im Labor. Gemälde von A. G. Edelfeldt.

EI VERFLIXT, ES GACKERT NOCH!

Louis Pasteur entwickelt das Verfahren der Schutzimpfung

Eigentlich war Louis Pasteur Chemiker. Am 27. Dezember 1822 im französischen Städtchen Dôle als Sohn eines Gerbermeisters geboren, stammte er aus einfachen Verhältnissen und war mit seiner Familie bereits als kleines Kind nach Arbois übergesiedelt, wo er den Eltern während der Schulzeit keine der Nachwelt überlieferten größeren Sorgen bereitete. Für einen ordentlichen Abgang reichten Louis' Leistungen allemal, und der Junge entschloß sich, Chemie und Physik zu studieren.

Nach den Abschlußprüfungen verdiente Pasteur sein Geld zunächst als Gymnasiallehrer in Dijon.

Aber nach nur drei Monaten wechselte der mittlerweile Siebenundzwanzigjährige nach Straßburg und lehrte an der dortigen Akademie als Professor der Chemie. Und fünf Jahre später ging es weiter nach Lille, wo er an die Universität berufen worden war.

Man tut der mittelständischen Stadt wohl kaum weh, wenn man schreibt, daß sie zu Pasteurs Zeit keine ausgesprochene Hochburg der Wissenschaft darstellte. Vielmehr war Lille eine Stadt der Fabriken, in der sich die Forschung nach dem Willen der Bürger, die etwas zu sagen hatten, um die Notwendigkeiten des Alltags kümmern sollte. Wobei die Herren selbstverständlich den Alltag ihrer Produktionsstätten im Auge hatten.

Die Herren hatten Glück. Denn im Gegensatz zu vielen anderen Wissenschaftlern, die die Ansicht vertraten, jeder halbwegs standesbewußte Forscher solle sich nicht dazu herablassen, Probleme der Wirtschaft zu lösen, fand Pasteur nichts dabei, den Bitten der Menschen um ihn herum nachzukommen. Ja, er war bereit, seine Forschung in den Dienst praktischer Fragen zu stellen – wenn dabei die wissenschaftliche Genauigkeit gewahrt blieb. Auf diese Bedingung allerdings legte Pasteur großen Wert. Schließlich gönnte sich der kleingewachsene Mann mit den außergewöhnlich unmodernen Anzügen in seiner knauserigen Art außer ein paar Spaziergängen mit seiner Frau und den Kindern ja sonst kein Vergnügen. Und so half Pasteur in den nächsten Jahren, wo er nur konnte.

Zunächst begab er sich in die Fabrik des verzweifelten Spirituosenherstellers Bigo aus Lille, um dort in monatelanger Kleinarbeit die Ursache der vielen kostspieligen Fehlgärungen herauszufinden und Abhilfe zu schaffen.
Ein paar Jahre später reiste er zu den ebenso verzweifelten Winzern seiner Heimatstadt Arbois, kroch dort in die hintersten Winkel alter Keller, entdeckte, warum ihr Wein zuweilen sauer wurde, und riet ihnen, ihre Weine für kurze Zeit zu erhitzen, um sie keimfrei zu machen. Daß sich dieser Rat auch auf andere Getränke ausdehnen ließ und seinen Namen noch hundert Jahre später auf jeder Packung *»pasteurisierter«* Milch erscheinen lassen würde, dürfte Pasteur nicht geahnt haben.
Und kaum hatte er den Winzern geholfen, eilte Pasteur nach Südfrankreich, um dort zwei Jahre lang den noch verzweifelteren Seidenraupenzüchtern zur Seite zu stehen, deren Raupen schon längere Zeit kläglich dahinsiechten, anstatt munter die begehrten Seidenfäden zu spinnen und die Geldsäcke der Züchter zu füllen.
Sechzehn Jahre lang hatte Pasteur auf diese Weise seine Forschungen fast ausschließlich in den Dienst handfester wirtschaftlicher Probleme gestellt, was dem unermüdlichen Mann zwei Dinge eintrug: zum einen eine halbseitige Lähmung nach einem schweren Schlaganfall, den Pasteur als Quittung für sein anstrengendes Leben während seiner Arbeiten an den kranken Seidenraupen erlitten hatte, zum anderen die Erkenntnis, daß hinter all den Krankheiten, die ihm in den zurückliegenden Jahren präsentiert worden waren, stets diesselbe Ursache gesteckt hatte – Bakterien.
Sie hatten den Gärvorgang in Bigos Fabrik blockiert, sie hatten den Wein der Winzer von Arbois sauer werden lassen, und schließlich hatten sie die Seidenraupenzucht Südfrankreichs zum Erliegen gebracht.
Immer andere Spielarten dieser winzigen Lebewesen waren Pasteur bei seinen Untersuchungen begegnet – und hat-

ten aus dem Chemiker und Physiker Pasteur im Laufe der Jahre den Mikrobiologen Pasteur gemacht. Längst vergessen die Zeiten, in denen sich Pasteur mit dem Geheimnis kristalliner Strukturen amüsiert hatte! Pasteur, diesen schmächtigen und nun verkrüppelten Mann mit der ungebrochenen Energie, ließ das Gewimmel unter dem Mikroskop einfach nicht mehr los. Zu tief war er in die Lebensweise der von Leeuwenhoek entdeckten kleinen Tierchen eingedrungen, denen seit zweihundert Jahren niemand eine besondere Bedeutung beigemessen hatte. Und zu verlockend, ja, zu erschreckend war der geniale Gedanke, der von Louis Pasteur bereits nach den Untersuchungen für Monsieur Bigo Besitz ergriffen hatte: Könnten diese Mikroben nicht auch Mörder des Menschen sein? – Ja, nach seinem Sieg über die Erreger der Seidenraupenkrankheit wurde Pasteur sogar noch kühner: Sollten diese kleinen Lebewesen wirklich Ursache für das Auftreten vieler Krankheiten sein – und dessen war er sich mittlerweile ganz sicher –, könnte er diese Geiseln der Menschheit dann nicht ebenso zu verhindern lernen wie die Krankheiten des Bieres, des Weines oder der Seidenraupen?
Die Mikroben als Auslöser menschlicher Erkrankungen: Als sich Pasteur mit dieser Theorie selbstbewußt und mit einer gehörigen Portion marktschreierischen Talents auf Vorträgen Gehör zu verschaffen versuchte, stieß er bei den Medizinern auf größte Ablehnung. Für diese weisen Herren mit den ehrfurchtsheischenden Backenbärten stand schließlich fest, daß die Krankheiten des Menschen aus dem Nichts entstanden. Und was so fest stand, an dem durfte nicht gerüttelt werden! Am allerwenigsten von einem Chemiker.
Ach, Pasteur bedauerte, kein Mediziner zu sein! Doch hätte man ihm dann geglaubt?
Es ist kaum anzunehmen. Denn denken wir nur an Friedrich Wöhler, so mußte schon mancher Entdecker vor Pa-

steur selbst auf seinem ureigensten Wissensgebiet lange kämpfen, ehe ihm die Kollegen die neuen Erkenntnisse abnahmen. Und so blieb auch Pasteur nichts anderes übrig, als zu den Waffen zu greifen.
Dies allerdings fiel dem Hitzkopf, der Pasteur nun einmal war, nicht schwer. Wie ein Feldherr arbeitete er den Schlachtplan aus. Seine Munition sollten genaueste Untersuchungen werden, seine Armee waren seine jungen Mitarbeiter und seine tatkräftige Frau, die seit Pasteurs linksseitiger Lähmung alle schriftlichen Dinge für ihn erledigte. Tag für Tag saß Pasteur oft viele Stunden vornübergebeugt am Mikroskop und beobachtete Bakterien unterschiedlichster Art. Er mußte die verschiedenen Lebensweisen seiner »Lieblinge« noch besser verstehen lernen. Denn nur dann könnte er sie vernichten . . .
Die Jahre vergingen. Pasteur errang mit seinen Mitarbeitern größere und kleinere Erfolge und las an Artikeln über Mikroben, was auch immer in Fachzeitschriften veröffentlicht wurde. So entging ihm natürlich auch nicht jener Bericht eines jungen deutschen Arztes namens Robert Koch, dem einige interessante Entdeckungen an den sogenannten Milzbrandstäbchen gelungen waren.
Der Milzbrand: Jedem wackeren Schaf- oder Rinderhalter ließ alleine die Erwähnung dieses Wortes das Blut in den Adern stocken. Zu Tausenden fielen ihre Tiere dieser Krankheit zum Opfer, verendeten in den Ställen und auf den Weiden. Kein Kraut schien dagegen gewachsen.
Hier also die schreckliche Tierseuche – dort Pasteur, der so leidenschaftlich gerne half: Kein Wunder, daß sich der ehrgeizige Forscher durch den Artikel Kochs nur zu gerne zu neuen Versuchen mit diesen seltsamen Stäbchen verführen ließ, die jeder, der einigermaßen mit dem Mikroskop umgehen konnte, mit Leichtigkeit im Blut an Milzbrand verendeter Tiere aufspüren konnte. Auch diesmal trieb Pasteur seine Mitarbeiter zu genauesten Versuchen an. Und

nach einem Jahr hatten die Experimente ein weiteres Mal bewiesen, daß Krankheiten durch Erreger verursacht werden können.
Ja, es war so, wie auch Robert Koch gemutmaßt hatte: Diese Stäbchen gingen mit dem Milzbrand nicht nur einher wie das lästige Jucken bei Windpocken, nein, sie waren zugleich die Milzbranderreger!
Allein – als Pasteur dies im April 1877 vor der Pariser Akademie der Wissenschaften in der ihm eigenen Genauigkeit darlegte, glaubte man ihm wieder nicht. Louis Pasteur schäumte angesichts so viel erneuter Dummheit um ihn herum. Aufgebracht schrieb er seinen Gegnern, er wolle sie *»bekämpfen und besiegen«*.
Doch dazu mußten neue Beweise her. Am allerbesten das Verfahren, wie man Schafe und Rinder vor dem Milzbrand schützen könnte!
Nun gebärdete sich der Milzbranderreger bei den weiteren Untersuchungen allerdings zunehmend wie Pasteur selbst, nämlich widerspenstig. So leicht wollte er sich sein letztes Geheimnis nicht entreißen lassen. Pasteur beschloß daher, einen Seitenweg zu beschreiten und zunächst einen etwas forscherfreundlicheren Erreger zu untersuchen. Der einfach gebaute Erreger der Hühnercholera, die gerade wieder im Land tobte, kam ihm da gerade recht. Vielleicht ließen sich von dieser Bakterie ja wieder Rückschlüsse auf den Milzbranderreger ziehen. Wer wußte das schon!
Eifrig verwöhnte Pasteur den Erreger der Hühnercholera mit schmackhafter Hühnerfleischbrühe, in der er verständlicherweise besonders gut gedieh. Und da des einen Gedeih in der Regel eines anderen Verderb ist, fiel im kommenden Jahr ein aufgeregt gackerndes Huhn nach dem anderen Pasteurs Wissensdrang zum Opfer. Kraftlos vegetierten sie nach den Injektionen mit den Bakterien in eine unüberwindbare Schlafsucht hinüber, aus der sie nicht mehr erwachten. Es waren gewiß keine leichtfertigen Tier-

versuche, die Pasteur hier zusammen mit seinen Mitarbeitern durchführte. Mehr als einmal mögen ihnen die Tiere wohl leid getan haben. Doch waren diese Versuche unter den gegebenen Umständen die einzige Möglichkeit, bei eben jenen Forschungen voranzukommen, deren großartiges Ziel es war, Millionen von Lebewesen vor ansteckenden Krankheiten zu bewahren.

Immer wieder übertrug Pasteurs Gruppe den Erreger der Hühnercholera daher von Tier zu Tier, von einer Nährbodenschale zur nächsten und stellte fest, daß die Ansteckungskraft dadurch nicht im geringsten nachließ. Zwanzig Impfungen – zwanzig tote Versuchstiere. Eine einfache, grausame Regel. Bis diese Regel eines Tages nicht mehr funktionieren wollte . . .

In den letzten Wochen des Jahres 1879 hatten Pasteur und seine Mitarbeiter weiterhin Nährbodenplatten mit den winzigen Mikroben der Hühnercholera beträufelt, ihr Wachstum beobachtet und vielen Versuchstieren tödliche Injektionen versetzt. Ganze Stapel benutzter Glasschalen zeugten von diesem regen Treiben im Labor und füllten die Ablageflächen des engen Raumes.

Und so wollen wir Pasteur verzeihen (besonders wenn man an die Folgen denkt!), daß einige der Nährbodenschalen länger als üblich unbeachtet stehenblieben. Ja, der ansonsten so gewissenhaft arbeitende Mann hatte sie gemeinsam mit seinen Mitarbeitern schlicht vergessen.

Als Pasteur nach Wochen auf die Mikrobenkulturen stieß, ärgerte er sich gründlich. Was tun mit dem alten Plunder? Wegwerfen? Nein, dies kam Pasteur, knauserig wie er nun einmal veranlagt war, nicht in den Sinn. Vielmehr wanderten die alten Erreger statt in den Müll durch die feine Nadel einer Spritze und von dort in den Schenkel eines weiteren Versuchstieres.

Am nächsten Morgen betrat Pasteur das Labor mit der Gewißheit, das Huhn tot vorzufinden. Als er aber an den Käfig trat, blickte das Tierchen zugegebenermaßen zwar ein wenig matt durch die Gitterstäbe, ansonsten jedoch war von einer Schlafsucht nichts zu merken.

Noch am Vormittag begann das Federvieh sogar wieder, Körner zu picken.

Pasteur grübelte. Offensichtlich war die Kultur im wahrsten Sinne des Wortes altersschwach gewesen, zog er seine Schlüsse und ärgerte sich nun noch mehr, seine kostbare Zeit mit einem nutzlosen Versuch vergeudet zu haben. Kurz entschlossen sperrte er das Huhn zurück zu den übrigen Versuchstieren.

Wochen vergingen, bis Pasteur eines Vormittags wieder einmal einige Hühner für seine tödlichen Experimente benötigte. Mit sicherem Griff reichten ihm die Mitarbeiter ein Tier nach dem anderen zur Injektion.

Schließlich war auch besagtes Hühnchen an der Reihe. Ein kurzes entsetztes Aufgackern – und schon war es zum zweitenmal in seinem Leben mit den Erregern der Hühnercholera infiziert worden.

Wieder trat Pasteur am nächsten Morgen mit der Überzeugung an die Käfige, ausnahmslos verendete oder bereits vom Tod gezeichnete Tiere vorzufinden. Und fast hätten sich seine Erwartungen erfüllt. Fast: hätte da nicht ein einsames Hühnchen inmitten all seiner bedauernswerten toten Gesellen leise vor sich hingegackert. Aufrecht stand es da, blickte durch die Stäbe, legte den Kopf ein wenig schief und schien zu fragen: »Na, was sagst du nun?«

Es dürfte für immer das Geheimnis des Hühnchens bleiben, ob Pasteur in diesem für die Menschheit so wichtigen Augenblick tatsächlich etwas gesagt hat.

Der große Forscher selbst erzählte später nie etwas darüber. Er glaubte nämlich nicht an pure Zufälle und hatte bereits als junger Professor im Jahre 1854 die Meinung vertreten: *»Der Zufall begünstigt nur den vorbereiteten Geist.«* Warum also sollte er nun, fünfundzwanzig Jahre

später, dem dummen Zufall einen Platz in seinen Vorträgen einräumen? Und doch war es nichts als Zufall gewesen, daß Pasteur einige Nährbodenschalen zu lange hatte stehenlassen und schließlich jenes mit diesen alten Kulturen behandelte Huhn noch einmal zu Versuchen mit frischen Erregern heranzog. Kein Plan steckte hinter diesem Verfahren, keine Methode.
Fest steht, daß sich Pasteur angesichts des Hühnchens, das da so keck vor ihm stand, nicht allzulange über diesen weiteren »Betriebsunfall« in seinem Labor entrüstete. Denn irgendwie kam ihm das Federvieh bekannt vor, und Pasteur lebte nicht hinter dem Mond, wo man vielleicht noch nichts von einem englischen Dorfarzt namens Dr. Edward Jenner gehört haben mochte.
Pasteurs *»vorbereiteter Geist«* jedoch kannte jene Geschichte, die Dr. Jenner ein Jahrhundert vor ihm zu einem englischen Volkshelden hatte werden lassen und der deshalb deutschen Schülern meist in Form einer Lektion in ihren Englischbüchern begegnet.
Derart berühmt war Jenner geworden, weil er beobachtet hatte, daß die Bauern um ihn herum immer dann nicht an den gefährlichen schwarzen Pocken erkrankten, wenn sie sich irgendwann einmal beim Melken ihrer Kühe mit harmlosen Kuhpocken angesteckt hatten. Diese Tatsache nutzte Jenner, als er die Menschen, die ihm vertrauten, absichtlich an Kuhpocken erkranken ließ.
Das Ergebnis war sensationell: alle mit Kuhpocken geimpften Personen erkrankten nie an schwarzen Pocken.
Diese Geschichte also kannte Pasteur. Und so stand er aufrecht vor dem ebenso aufrechten Huhn, durchwühlte seinen *»vorbereiteten Geist«* und kurz darauf seine Aufzeichnungen und kam schließlich zu der Überzeugung, es hier mit Jenners Phänomen zu tun zu haben.
Ja, die Behandlung des Huhnes mit den altersschwachen Erregern der Hühnercholera hatte das Tier zwar nur leicht

Zeitgenössische Karikatur auf Edward Jenners Kuhpockenimpfung, um 1800.

erkranken lassen, doch hatte diese Erkrankung ausgereicht, im Körper die nötigen Abwehrkräfte zu bilden. Wie Jenners Patienten, so war auch das Huhn immun geworden! Endlich schien Pasteurs Ziel in erreichbare Nähe gerückt, Tiere und sogar Menschen vor ansteckenden Krankheiten zu schützen.

Wie ein Spürhund setzte sich Pasteur zusammen mit seinen Mitarbeitern auf die frische Fährte. Wieder und wieder wurden die Schalen mit den Bakterien der Hühnercholera unterschiedlich lange an der Luft stehengelassen und fein säuberlich die Zeiten notiert. Aufgewühlt stellte Pasteur fest, daß der Erreger das typische Krankheitsbild um so weniger hervorzurufen vermochte, je länger er an der Luft gestanden hatte. Und schließlich gelang es Pasteur, den Erreger so weit zu beherrschen, daß er bei den geimpften Tieren stets zuverlässig eine leichte Erkrankung bewirkte, die

als Schutz vor einer Ansteckung mit der Hühnercholera genügte.
Pasteurs Traum, einen Krankheitserreger bewußt in einen Impfstoff zu verwandeln, war Wirklichkeit geworden.
Doch als Pasteur sich im Frühjahr 1880 mit den Ergebnissen seiner Forschungen vor die Akademie der Medizin in Paris wagte, hagelte es, wie nicht anders zu erwarten war, erneut harsche Kritik.
Nicht, daß man Pasteur nicht mittlerweile als gewissenhaften Forscher zu schätzen wußte. Aber was sich dieser *»Hühnerdoktor«* nun erdreistete! Daß er schon wieder einmal öffentlich behauptete, eine Mikrobenart sei der Auslöser einer Krankheit!
Nun gut, das mochten die hohen Herren diesem unverbesserlichen Ignoranten ihrer Lehren noch verzeihen. Aber daß dieser Hitzkopf auch noch damit angab, diesen sogenannten Erreger beliebig zu beherrschen, um daraus einen Impfstoff herstellen zu können, und zusammen mit diesem Unfug sogar den Namen des großen Jenner in den Mund zu nehmen wagte! Stand dort vorne am Podium und brüstete sich: *»Was Jenner nie bewiesen hat, habe ich bewiesen, nämlich, daß es dieselbe Mikrobe ist, die töten und gegen den Tod schützen kann!«*
Nun, die *»Urteile unterrichteter Männer«*, die Pasteur am Ende seines Vortrages erbat, um ihn zu *»erleuchten«*, sollte er in den darauffolgenden Wochen erhalten. Klar und deutlich sagte man ihm, er solle sich nicht in Dinge mischen, von denen er gar nichts wissen könne, und forderte ihn auf, doch endlich einmal in die Bibliothek zu gehen, um dort ehrwürdige Abhandlungen aus vergangenen Jahren zu lesen – dann werde es in seinem Geist schon tagen. *»Wie können Sie beweisen, daß so unendlich kleine Lebewesen die wirkliche Ursache der Hühnercholera sind?«* griff man ihn an. *»Könnte man nicht mit ebensolcher Wahrscheinlichkeit behaupten, daß sie die Folge der Krankheit sind?«*

Tief in seinem Stolz gekränkt donnerte Pasteur bei seinem nächsten Vortrag den meist recht betagten Herren im Saal entgegen, es müsse wohl an der gewaltigen Bedeutung seiner Entdeckung liegen, daß einige von ihnen anscheinend von einer Art Geisteskrankheit heimgesucht worden seien. Nur das Eingreifen einiger besonnenerer Charaktere konnte daraufhin verhindern, daß der achtzigjährige Chirurg Guérin den fast sechzigjährigen Pasteur verprügelte.
Monatelang zogen sich die Streitigkeiten dahin. Pasteur nutzte die Zeit, um fieberhaft immer neue Experimente durchzuführen und seine Behauptungen weiter zu erhärten. Und schließlich war er ein Jahr nach seinen Erfolgen mit dem Erreger der Hühnercholera in der Lage, den *»unterrichteten Männern«* zu berichten, daß er nun sogar den Erreger des Milzbrandes in einen Impfstoff umgewandelt habe. Berauscht von seinem eigenen Erfolg sagte Pasteur seinen Gegnern zu, ein öffentliches Experiment zu wagen: Man stellte ihm achtundvierzig Schafe, zwei Ziegen und einige Kühe zur Verfügung, an denen er sein Können beweisen sollte.
Pasteur genoß seine Rolle in diesem Schauspiel, das von seinen Kritikern als Falle erdacht worden war. Vor den Augen von Ärzten, Politikern und Journalisten mischte er sich zusammen mit seinen Mitarbeitern Anfang Mai 1881 auf der kleinen Farm von Pouilly-le-Fort unter die Tiere und impfte die Hälfte von ihnen mit stark abgeschwächten Milzbranderregern.
Tags darauf waren die behandelten Tiere leicht erkrankt, erholten sich jedoch rasch. Zwei Wochen später verabreichte Pasteur denselben Tieren eine zweite, nun bereits stärkere Dosis abgeschwächter Milzbranderreger, um den Impfschutz zu erhöhen.
Und wieder zwei Wochen später, am 31. Mai 1881, war der große Tag gekommen: Vor den Augen seiner Kritiker ließ Pasteur nun allen Tieren die tödliche Dosis an Milz-

Zur Erforschung von Infektionen und als Impfstation gegen Tollwut gründete Louis Pasteur das 1888 eröffnete Institut Pasteur in Paris.

branderregern unter die Haut spritzen. Achtundvierzig Stunden darauf versammelte sich eine riesige Menge Neugieriger von nah und fern, Honoratioren aus der Politik ebenso wie Schulkinder, auf dem Hof von Pouilly-le-Fort, um Pasteur zu richten.

Doch es sollte ein Freudenfest werden.

Da stand Pasteur inmitten seiner geimpften Schafe und Kühe, die sich ihr Futter schmecken ließen, ja, sogar die Ziege meckerte zufrieden vor sich hin und blickte seine Gegner triumphierend an.

Denn von den unbehandelten Tieren auf der Nachbarweide lagen zweiundzwanzig Schafe bereits verendet im Gras und boten mit ihren steif von sich gestreckten Beinen einen schauerlichen Anblick, den die taumelnden restlichen Tiere nur noch verstärkten. Da stand Pasteur, stolz wie ein Hahn, legte vielleicht den Kopf ein wenig schief und schien mit triumphierendem Blick zu fragen: »Na, was sagt ihr nun?« Pasteur hatte gesiegt. Gesiegt über die Krankheit, gesiegt über die *»Dummheit«* seiner ärgsten Feinde. Mit unendlicher Genugtuung gab sich der hagere, zähe Mann

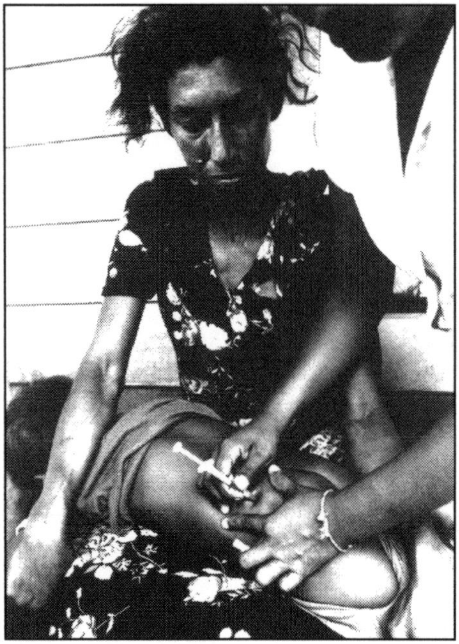

Vorbeugende Impfung eines Kindes in Nicaragua, 1992.

diesem Gefühl hin, ließ sich mit Auszeichnungen überhäufen und verfolgte, wie sein Ruhm über die ganze Welt eilte.

Indes – zur Ruhe begab sich Louis Pasteur noch lange nicht. Am 6. Juli 1885 wagte der Wissenschaftler nach einem für ihn ungewöhnlich langen Zögern seinen ersten Versuch an einem Menschen. Er impfte einen neunjährigen Jungen, der von einem tollwütigen Hund angefallen worden war. Der Junge wurde gerettet.

Zehn Jahre später starb Pasteur im Alter von 72 Jahren, nachdem ihn ein zweiter Schlaganfall völlig hilflos hatte werden lassen. Sein über die Maßen *»vorbereiteter Geist«*, dem der Zufall den entscheidenden Wink gegeben hatte, die Medizin mit wirksamen Waffen gegen die vielen ansteckenden Krankheiten auszustatten, war erloschen.

»Bisher war Röntgen doch ein ganz vernünftiger Mensch!« K. F. Braun über Wilhelm Conrad Röntgen (1845–1923).

»ICH DACHTE NICHT, ICH UNTERSUCHTE«

Wilhelm Conrad Röntgen entdeckt die nach ihm benannten Strahlen

Gegen Ende des 19. Jahrhunderts feierten die Menschen nicht nur Louis Pasteurs genialen Sieg über Milzbrand, Hühnercholera und Tollwut. Auch einem Deutschen gelang es zu dieser Zeit, der Welt eine medizinische Sensation zu bescheren. Und wieder hatte der Zufall – diesmal sogar im wahrsten Sinne des Wortes – dabei die Hand im Spiel. Der Deutsche war kein Geringerer als der Physiker Wilhelm Conrad Röntgen, seit 1888 Direktor des Physikalischen Institutes in Würzburg. Wie viele Naturwissenschaftler begeisterte sich auch Röntgen für eine in der damaligen Zeit brandneue Entwicklung auf dem Gebiet der Physik: die sogenannte Kathodenstrahlenröhre.
Überall in den Labors wurden zahlreiche Experimente mit dieser luftleeren Glasröhre durchgeführt, und manch einer der gelehrten Herren ließ es sich nicht nehmen, selbst an-

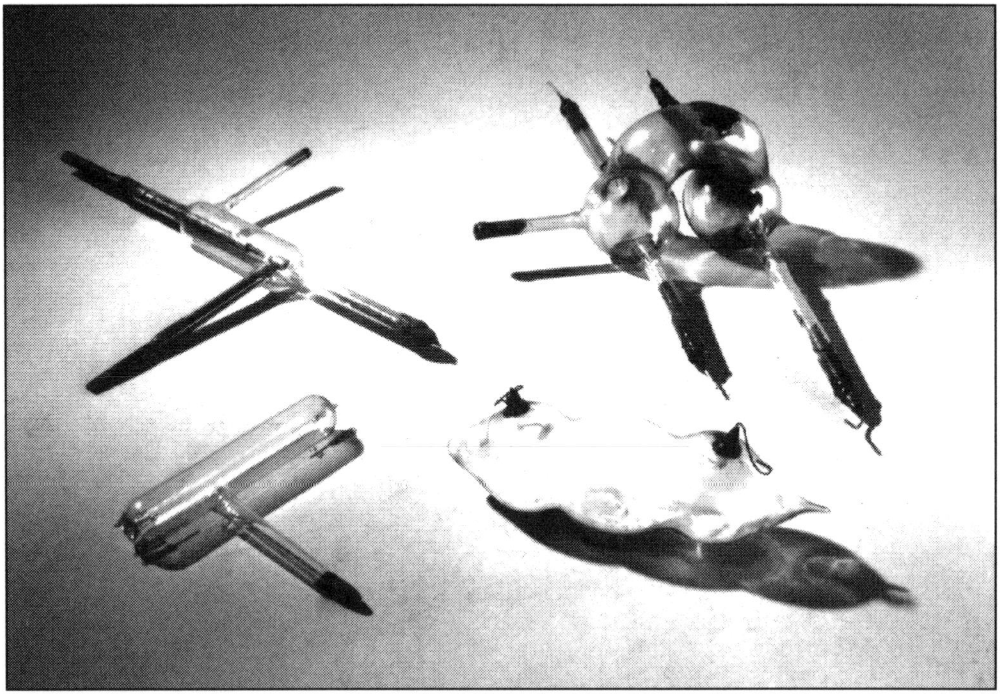

Hintere Reihe: Zwei Kathodenstrahlrohre von J. W. Hittorf. Vordere Reihe: Rechts Kathodenstrahlrohr von W. Crookes. Links: Entladungsrohr von E. Goldstein, mit dem 1876 die elektrische Ablenkbarkeit der Kathodenstrahlen gefunden wurde.

läßlich gesellschaftlicher Zusammenkünfte im trauten Heim seine mehr oder weniger aufmerksamen Gäste mit dem faszinierenden Farbspiel der Versuchsanlage zu entzücken. Sobald in den Räumen alle Lichter gelöscht waren, wurde an die beiden in der Glasröhre eingeschmolzenen Drahtenden eine hohe elektrische Spannung angelegt. Und schon kurz, nachdem eine Pumpe begonnen hatte, die Luft aus der Röhre abzusaugen, breitete sich zwischen den beiden als Kathode und Anode bezeichneten Drahtpolen mit abnehmendem Luftdruck ein bläulich-violettes, schwachgeschwungenes Lichtband aus, das schließlich die ganze Röhre erfüllte.

Bei weiter sinkendem Luftdruck änderte sich das Farbspiel erneut. In dem Lichtband bildete sich nun eine von der Kathode ausgehende dunkle Zone, die sich bei vollständig

Lenard-Röhre mit dünnen Metallfensterchen, um 1892.

luftleerer Röhre über das ganze Glasgebilde erstreckte. An der Anode war nur noch ein schwaches violettes Glimmen wahrzunehmen; die Kathode dagegen trug eine bläuliche Lichtkrone. Außerdem sandte sie unsichtbare Strahlen aus, die das Glas der Röhre an der gegenüberliegenden Wandung schwach grünlich aufleuchten ließen.
Während sich die Gäste bei diesen Darbietungen wohl hauptsächlich vom Spiel der Farben beeindruckt gezeigt haben dürften, erregte vor allem die letzte, an sich wenig auffällige Erscheinung der Kathodenstrahlen das besondere Interesse der Wissenschaftler. Ja, eigens für diese unsichtbaren Strahlen hatte der Heidelberger Physiker Philipp Lenard sogar ein Fenster aus hauchdünner Aluminiumfolie konstruiert, das den Kathodenstrahlen den Austritt aus der Röhre ermöglichte.

Wilhelm Conrad Röntgen hatte die Versuchsberichte der Kathodenstrahlenforscher von Anfang an mit großem Interesse gelesen. Doch wie grau ist letztlich alle Theorie – besonders für einen leidenschaftlichen Experimentalphysiker! Und so sandte Röntgen am 4. Mai 1894 einen Brief an den Glastechniker Müller-Unkel, um bei ihm eine *»Kathodenstrahlenröhre nach Lenard«* zu bestellen, die er wenige Tage später auch erhielt.

Meister Müller-Unkel hätte sich jedoch nicht so zu beeilen brauchen. Aber er konnte ja nicht ahnen, daß sein vielbeschäftigter Auftraggeber erst eineinhalb Jahre später endlich Gelegenheit finden würde, sich der fertig aufgebauten Versuchsanlage zu widmen. Es war der Abend des 8. November 1895.

Um sich mit der Anlage vertraut zu machen, beschloß Röntgen, zunächst einmal die Versuche seines Kollegen Lenard zu wiederholen. Vorsichtig umhüllte der Physiker dazu die Glasröhre mit dickem schwarzen Papier, schloß gewissenhaft alle Vorhänge, um die zu erwartenden Lichtspiele am Aluminiumfenster besser beobachten zu können, und tastete im Stockdunkel des Arbeitszimmers nach dem Schalter der Stromquelle.

Es dauerte ein wenig, bis sich Röntgens Augen an die Dunkelheit gewöhnt hatten. Dann griff er nach einem mit einer lichtempfindlichen Substanz namens Bariumplatinzyanidür bestrichenen Leuchtschirm und führte ihn langsam um die Glasröhre herum.

Aufmerksam beobachtete Röntgen das Geschehen und bemerkte voller Genugtuung, daß sich seine eigenen Ergebnisse mit denen von Lenard deckten: Lediglich im direkten Bereich des Aluminiumfensters leuchtete der Schirm auf, nur dort also verließen die Kathodenstrahlen die Röhre. Wenige Zentimeter von der Röhre entfernt wurden die Strahlen dagegen von der Luft verschluckt; das Leuchten erlosch. Röntgen stellte den Schirm zufrieden zur Seite.

Doch noch ehe der Physiker überlegen konnte, wie es nun weitergehen sollte, streifte sein Blick einige auf dem Nebentisch liegende Kristalle. Merkwürdig, warum schimmerten sie mit einemmal grünlich?
Eine Sinnestäuschung? Wahrscheinlich. Dann aber bemerkte Röntgen, daß auch der nun außerhalb des Kathodenstrahlenganges abgestellte Schirm nicht vollkommen dunkel war, sondern ebenfalls matt leuchtete.
Was ging hier vor? Drang doch noch von irgendwoher Licht in das Arbeitszimmer? Der Physiker erhob sich und überprüfte sämtliche Vorhänge und Schlüssellöcher, aber er konnte keinen Fehler entdecken. Verärgert schaltete er die Versuchsanlage ab – und nun verschwand das rätselhafte Leuchten sofort. Also stand die Erscheinung zweifelsfrei mit der Kathodenstrahlenröhre in Zusammenhang!
Erregt umhüllte Röntgen die Röhre mit weiteren Lagen schwarzen Papiers, doch vergeblich – sobald an die Anlage Spannung angelegt wurde, erschien auch der schwache Lichtschein wieder.
Da selbst Philipp Lenard, der die Kathodenstrahlen immerhin seit Jahren untersuchte, noch nichts von solchen Erscheinungen berichtet hatte, saß Röntgen ein paar Minuten reichlich ratlos im Zimmer herum. Doch Röntgen wäre eben nicht der Experimentalphysiker Röntgen gewesen, hätte er es bei dieser Ratlosigkeit belassen. Statt dessen begann er, den Leuchtschirm erneut vor der Röhre hin und her zu bewegen. Und rasch stand fest, daß die geheimnisvolle Strahlung im Bereich des Aluminiumfensters am stärksten war und dort den Schirm bis zu einer Entfernung von über zwei Metern leuchten ließ. Die Kathodenstrahlen mit ihren von Lenard gemessenen kümmerlichen acht Zentimetern Wegstrecke in freier Luft kamen also als Ursache des Leuchtens auf keinen Fall in Frage . . .
Systematisch, wie es seine Art war, arbeitete Röntgen weiter und hielt als nächstes ein herumliegendes Buch zwi-

schen Röhre und Bildschirm. Das Leuchten des Schirmes zeigte sich davon nahezu unbeeindruckt. Ja, selbst ein acht Millimeter starkes Holzbrett vermochte die Strahlen lediglich abzuschwächen. Mehr oder weniger unbewußt benutzte Röntgen nun zum Abblenden seine Hand – und deutlich sichtbar »schwebte« mit einem Male ein goldener Ehering am Ringfinger einer nur aus Knochen bestehenden Geisterhand über den Bildschirm.

Keiner weiß heute wohl genau, welche Gedanken Wilhelm Conrad Röntgen in diesem Augenblick durch den Kopf wirbelten. Fand er das Bild seiner Knochen unglaublich oder gruselig? Oder war er sich als Physiker sofort der vollen Tragweite dieses gespenstischen Anblicks bewußt?

Belegt ist lediglich, daß Röntgen nach dieser atemberaubenden Entdeckung noch in derselben Nacht eine fieberhafte Aktivität zu entfalten begann und von der Aktentasche bis zur Kaffeetasse alles anschleppte, was in seinem Zimmer nicht niet- und nagelfest war, um es in den Strahlengang zu halten. Folgerichtig antwortete der Physiker daher einem amerikanischen Journalisten Monate später auf die Frage, was er gedacht habe, als er die Wirkung der Strahlen zum erstenmal gesehen hatte: *»Ich dachte nicht, ich untersuchte.«*

Erst nach Mitternacht konnte sich Röntgen an jenem 8. November 1895 in dem Bewußtsein, tatsächlich durch Zufall etwas völlig Neuartiges entdeckt zu haben, von seinem »Spiel« losreißen.

Es war einer von Röntgens Grundsätzen, stets erst dann über seine Arbeiten zu reden, wenn er brauchbare Ergebnisse vorweisen konnte. In den kommenden Wochen vergrub sich Röntgen für niemanden ansprechbar in seinem Arbeitszimmer. Ja, er aß und schlief sogar neben den Versuchsgeräten. Mit wahrer Besessenheit und äußerster Sorgfalt führte er seine Experimente durch und schonte nicht einmal seine Mitmenschen. So ließ Röntgen eines

Nachts einen Tischler holen, um die Tür des Labors in ihre Bestandteile zerlegen zu lassen. Der Physiker hatte beim Bestrahlen der Tür nämlich festgestellt, daß sich auf dem dahinter aufgebauten Leuchtschirm unerklärliche dunkle Schatten abzeichneten. Doch auch die einzelnen Teile der Tür verursachten bei der Bestrahlung die unerklärlichen Streifen auf dem Leuchtschirm. Schließlich ließ Röntgen sogar die Farbe abkratzen.

Die Mühen des Tischler sollten sich lohnen, denn ein erneuter Versuch bewies, daß eben diese Farbe die Ursache der nächtlichen Gewaltmaßnahme gewesen war: Die Tür war mit Bleiweiß gestrichen gewesen (!). Blei jedoch war für die Strahlen undurchdringbar, Röntgen wußte dies bereits seit einigen Tagen.

Im Verlauf der weiteren Versuche befestigte Röntgen die Kathodenstrahlenröhre unter seinem Arbeitstisch, legte eine Hand auf die Tischplatte, hielt mit der anderen eine photographische Platte darüber und fertigte auf diese Weise die erste »Röntgenaufnahme« der Welt an.

Endlich, nach knapp zwei Monaten sorgfältigster Untersuchungen, wandte sich Röntgen am 28. Dezember 1895 mit seinen Ergebnissen an die Öffentlichkeit und überreichte dem Vorsitzenden der Physikalisch-Medizinischen Gesellschaft in Würzburg eine kleine Schrift mit dem Titel *»Über eine neue Art von Strahlen«*. Röntgen wußte mittlerweile sehr wohl, wie sensationell seine Entdeckung war. An einen Wiener Freund, dem er zusammen mit einem Durchschlag seiner Abhandlung auch ein Photo der »Gespensterhand« sandte, schrieb er: *»Nun mag der Teufel losgehen. Ich vermute, daß es in nächster Zeit noch einige Aufregungen geben wird.«*

Mit dieser Vermutung traf Röntgen voll ins Schwarze. Für uns heute ist die Aufregung, die sich beim Betrachten der ersten Aufnahme über das Innere eines Menschen wohl eingestellt haben mag, kaum mehr nachzuvollziehen. Aber

Handknochen mit Ring von W. Conrad Röntgen, 1895.

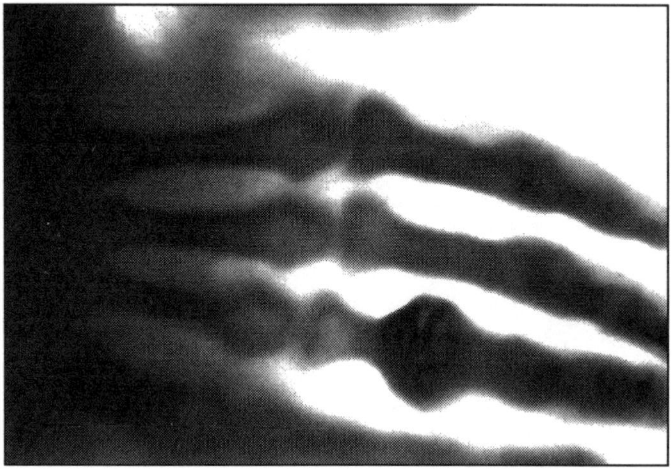

gerade das Bild des Handskeletts, mit seiner im wahrsten Sinne des Wortes sichtbar gemachten Art der Anwendungsmöglichkeiten, ließ die neuen Strahlen innerhalb weniger Wochen zur Weltsensation werden.

In Amerika, dem »Land der unbegrenzten Möglichkeiten«, schien dabei selbst die Wirkung der neuen Strahlen noch unbegrenzter zu sein als in Europa.

Schon bald trug man Sorge um das ungestörte Privatleben, da die Strahlen das Photographieren durch Häuserwände ermöglichen sollten. Ferner forderte man ein Verbot für den Einsatz der Strahlen in Operngläsern, um so die Darsteller vor entblößenden Blicken zu schützen.

Auch wurden Rufe nach strahlensicherer Unterwäsche laut. Und schließlich behauptete eine Zeitschrift, es wäre Wissenschaftlern gelungen, einem Hund den Schatten eines Knochens in das Gehirn zu projizieren, woraufhin das Tier Hungergefühle geäußert hätte.

Im alten Europa hingegen, genauer gesagt in Berlin, erläuterte Röntgen am 13. Januar 1896 persönlich und ohne jede Übertreibung in Gegenwart von Kaiser Wilhelm II. seine

Versuche mit den *»X-Strahlen«*, wie er seine Entdeckung bezeichnete. X ist schließlich immer gut, wenn man nicht weiß, worum es sich handelt . . .
Knapp zwei Wochen später folgte Röntgens erster öffentlicher Vortrag. Im großen Hörsaal des physikalischen Institutes der Universität Würzburg ließen sich neben dem Dekan sämtliche Medizinprofessoren und Honoratioren der Stadt in den ersten Reihen nieder, während unzählige Studenten aller Fachrichtungen den Raum bis auf das allerletzte Plätzchen auf den Treppenstufen füllten. Röntgen wurde mit stürmischem Beifall begrüßt. Dies mag dem eher zurückhaltenden Physiker wenig behagt haben. Denn mehr als einmal hob Röntgen in seinem Vortrag bescheiden die Rolle des Zufalls hervor, der ihm die Entdeckung ermöglicht hatte. *»Ich fand durch Zufall, daß diese Strahlen durch schwarzes Papier drangen. Ich nahm Papierhefte, Holz, und immer noch glaubte ich, das Opfer einer Täuschung zu sein.«*
Im Anschluß an Röntgens Vortrag erhob sich der greise Anatom Geheimrat von Kölliker, hielt eine bewegte Ansprache und schlug vor, die X-Strahlen künftig als *»Röntgenstrahlen«* zu bezeichnen.
Röntgen selbst hielt zeit seines Lebens an der Bezeichnung X-Strahlen fest. Ihm war der ganze Rummel um seine Entdeckung ohnehin schon bald zuwider. Zwar nahm er die zahlreichen Verleihungen von Ehrenbürgerrechten und Ehrendoktorwürden noch hin, aber seine Erhebung in den Adelsstand lehnte er entschieden ab. Dies trug ihm den Ruf eines verschlossenen Mannes ein, der er nach Aussagen guter Freunde im Privatleben ganz und gar nicht gewesen sein soll. Sein Rückzug aus der Öffentlichkeit war wohl vielmehr darauf zurückzuführen, daß ihm Geltungssucht seit jeher ein Greuel gewesen war.
Aus diesem Grunde erteilte Röntgen auch verschiedenen Firmen barsche Absagen, die die Röntgenstrahlen ver-

Apparate von Röntgen. Ionisierung der Luft durch Röntgenstrahlen, 1906.

markten wollten. Der Physiker sah sich in der *»guten Tradition deutscher Professoren«* stehend und wollte durch seine Haltung erreichen, daß *»Erfindungen und Entdeckungen der Allgemeinheit gehören und nicht durch Patente, Lizenzverträge und dergleichen einzelnen Unternehmen vorbehalten«* sein sollten.

Am meisten dürfte sich Röntgen wohl über die Verleihung des ersten Nobelpreises für Physik im Jahre 1901 gefreut haben. Das Preisgeld selbst allerdings stiftete er der Universität Würzburg als Fonds für wissenschaftliche Forschungen. Doch sosehr Röntgens X-Strahlen ihrem Namensgeber auch zunehmende Einsamkeit bescherten – den Medizinern eröffneten sie bis dahin ungeahnte Möglichkeiten. Knochenverletzungen und die Lage von Fremdkörpern ließen sich nun unvorstellbar einfach erkennen. Bald gelang es durch den Einsatz von Kontrastmitteln sogar, das Herz, den Magen und die Nieren auf dem Röntgenschirm sichtbar zu machen. Und der Satz: »Ich werde geröntgt« wurde Alltagssprache.

In der anfänglichen Begeisterung über die Röntgenstrahlen übersah man zunächst allerdings ihre heute uns vertraute schädigende Wirkung. Da half es nichts, daß sich der amerikanische Physiker Thomson bereits im April 1896 absichtlich das letzte Glied seines kleinen Fingers durch Röntgenstrahlen verbrannte, um die Öffentlichkeit auf die Tücke der neuen Strahlen aufmerksam zu machen: Es wurde munter weiter bestrahlt, nicht selten bis zu einer Stunde lang. Häufig verloren die Patienten nach den Behandlungen büschelweise ihre Kopf- und Körperhaare.

Doch rasch priesen daraufhin einige besonders geschäftstüchtige Gesellen schönheitsbewußten Damen die Röntgenstrahlen als Mittel zur Körperenthaarung an. Schließlich ist nichts so nachteilig, als daß nicht noch irgend etwas damit anzufangen wäre ...

Spätestens seit 1902 weiß man auch um die krebsauslösende Wirkung der Strahlen. Bei einem Angestellten einer Fabrik für Röntgenröhren, der seine Hand immer wieder für Testaufnahmen in den Strahlengang gehalten hatte, hatte ein Krebsgeschwür auf seinem Handrücken zur Amputation des Armes geführt. So kam es zum Einsatz der heute noch üblichen Bleischürzen und des ersten Dosismeßgerätes für Röntgenstrahlen. Sie senkten das Risiko des Umgangs mit den neuen Strahlen für Ärzte und Krankenschwestern, Ingenieure und Forscher. Durch immer weiter verbesserte Geräte gelang es nach und nach, die Belichtungszeiten auf Sekundenbruchteile zu verringern.

Neben den Medizinern zogen auch die Techniker von Anfang an Nutzen aus den von Röntgen entdeckten Strahlen. Wie lange hatten sie nach einem Verfahren gesucht, das ih-

Röntgenaufnahme einer Hand.

nen das sichere und einfache Aufspüren von Fehlern in technischen Geräten ermöglichen könnte! Und nun ließen sich auf einer von Röntgen selbst angefertigten Aufnahme eines Gewehrlaufes deutlich fehlerhafte Stellen in der Laufwandung erkennen!

Ein wahrer Glücksfall für die Ingenieure, für die die Feststellung von Rissen und Hohlräumen in Gußteilen oder Schweißnähten durch Röntgenstrahlen bald zur täglichen Routine wurde.

Wilhelm Conrad Röntgen erlebte den triumphalen Einzug seiner Entdeckung in Medizin und Technik noch mit. Doch wo Erfolg ist, sind bekanntlich auch Neider. Bereits kurz nach Röntgens erster Veröffentlichung wurden im Kreise seiner Kollegen Zweifel laut, ob tatsächlich Röntgen selbst die X-Strahlen entdeckt habe. Manche wollten wissen, daß es der Institutsdiener Marstaller gewesen sei, der zuerst das geheimnisvolle Strahlen wahrgenommen habe. Andere hingegen schrieben Philipp Lenard die Entdeckung der Strahlen zu.

Röntgen lehnte es zu Lebzeiten ab, sich öffentlich gegen solche Vermutungen zur Wehr zu setzen. Doch als er in den letzten Jahren seines Lebens daranging, viele seiner Schriftstücke, Briefe und Dokumente zu verbrennen, steckte er die an ihn gerichteten Briefe Lenards aus den Jahren 1897–1899 in einen Umschlag und versah ihn mit der Aufschrift:

»Briefe von P. Lenard – von einigem Interesse für eine Beurteilung des Verf.«

Aus diesen Briefen geht klar hervor, daß Lenard Röntgen sogar noch für die Entdeckung gedankt hatte, da durch diese auch seine Kathodenstrahlenversuche in das Licht der Öffentlichkeit gerückt worden waren. Lenard hatte nach Röntgens Veröffentlichung seine eigenen Versuche überdies noch einmal wiederholt, um sicherzustellen, daß die X-Strahlen seine eigenen Ergebnisse nicht nachteilig beeinflußt hatten. Ja, Lenard konnte die X-Strahlen gar nicht entdecken, da sein Leuchtschirm nicht wie der Röntgens mit Bariumplatinzyanidür bestrichen war, sondern mit einer Substanz, die einzig auf Kathodenstrahlen anspricht und daher für den Nachweis der neuen Strahlen überhaupt nicht geeignet war.

Am 10. Februar 1923 starb Wilhelm Conrad Röntgen im Alter von 78 Jahren als einer der erfolgreichsten Physikprofessoren der Geschichte – jedoch ohne Abitur. Als

Siebzehnjähriger war Röntgen der Technischen Schule zu Utrecht verwiesen worden. Um einen Mitschüler zu dekken, hatte er sich dazu bekannt, die Karikatur eines unbeliebten Lehrers angefertigt zu haben.
Der Versuch, das Abitur nach privater Vorbereitung zu erlangen, scheiterte an dem Umstand, daß eben jener karikierte und wohl reichlich humorlose Lehrer im Examensausschuß saß. Röntgen studierte daraufhin am Polytechnikum in Zürich, das kein Abitur voraussetzte, Maschinenbau. Später beantragte er seine Habilitation an der Universität Würzburg.
Dieses Recht wurde ihm wegen des fehlenden Reifezeugnisses verweigert – von jener Universität, an die er schließlich nach vielen Stationen in anderen Städten doch berufen wurde und die ihm für seine dort an jenem 8. November 1895 entdeckten X-Strahlen letztlich die Ehrendoktorwürde verlieh.

Henri Becquerel (1852–1908). Seine »leuchtende« Kindheit führte ihn zu »strahlendem« Erfolg.

TRÜBER HIMMEL ÜBER PARIS

Henri Becquerel stößt auf die Radioaktivität

Bei all dem Wirbel, den die sensationelle Entdeckung Röntgens nach ihrem Bekanntwerden auf der ganzen Welt entfachte, war es kein Wunder, daß sich viele Naturwissenschaftler durch die faszinierenden Berichte und Photographien zu neuen Untersuchungen angeregt fühlten.
Vor allem aber war es *kein* Zufall, daß sich ausgerechnet der französische Physiker Henri Becquerel nach dem genauen Durchlesen der ersten Zeitungsartikel im Januar 1896 fragte, welcher Zusammenhang wohl zwischen diesen erstaunlichen neuen Strahlen und seinem eigenen Wissensgebiet bestehen könnte.
Henri Becquerel war am 15. Dezember 1852 nicht nur in einen kalten Winter, sondern auch in eine bekannte Pariser Physikerfamilie hineingeboren worden. Schon sein Groß-

vater hatte sich in Frankreich einen bedeutenden Namen erforscht, und auch Henris Vater, Edmond Becquerel, war dem nicht nachgestanden. Besonders gerne beschäftigte sich Edmond Becquerel mit einigen interessanten Spielarten des Lichtes. Und da der Papa seinem Söhnchen nur zu gerne alles erklärte, was mit seiner Arbeit zu tun hatte, wußte der kleine Henri, noch ehe er überhaupt eine Schule von innen gesehen hatte, eine ganze Menge über bestimmte in der Natur vorkommende Kristalle, die eine Besonderheit aufwiesen: Sobald sie von der Sonne beschienen wurden, begannen sie zu leuchten. Dauerte dieses geheimnisvolle Schimmern dabei nur so lange an, wie das Gestein in der Sonne lag, nannte es der Vater *»Fluoreszenz«*. Leuchteten die Bröckchen und Klümpchen dagegen sogar noch einige Zeit, nachdem sie aus dem Sonnenlicht in ein dunkles Zimmer zurückgetragen worden waren, so sprach Edmond Becquerel von *»Phosphoreszenz«*.

Henri war von der Arbeit seines Vaters verständlicherweise begeistert. Schließlich kamen zur damaligen Zeit die wenigsten Kinder in den Genuß, in verdunkelten Räumen mit geheimnisvoll schimmernden Gegenständen spielen zu dürfen, da die Massenherstellung von grünlich nachleuchtenden Plastikmonstern, -pferdchen und -armbändern noch in weiter Ferne lag. Ja, die meisten von Henris Zeitgefährten ahnten wohl nicht einmal, daß es in der Natur tatsächlich Stoffe gibt, die durch das Licht der Sonne zu eigenem Leuchten angeregt werden.

Je älter Henri wurde, desto öfter beteiligte er sich an der Arbeit seines Vaters. Dabei mauserte sich der kleine Junge über die Jahre selbst zum »gestandenen« Physiker, der bald das volle Ansehen seiner Kollegen genoß. Gewissenhaft leitete er nun das naturhistorische Museum seiner Heimatstadt, unterrichtete als Professor an der polytechnischen Hochschule und führte auch nach dem Tode seines Vaters neben den vielen anderen Forschungsarbeiten, die ihn beschäftigten, gelegentlich noch Fluoreszenzversuche durch. Denn so erwachsen der Herr Professor mittlerweile auch sein mochte – nie hatte das diffuse Leuchten im Laboratorium seines Vaters für ihn an Reiz verloren.

Und nun las eben dieser Henri Becquerel in den ersten Sensationsberichten über die von Röntgen entdeckten Strahlen, daß diese Fluoreszenz verursachen können. Dreiundvierzig Jahre war er alt, blickte auf seine jahrzehntelangen Erfahrungen zurück und geriet ins Grübeln: Wenn diese bemerkenswerten X-Strahlen tatsächlich Fluoreszenzen erzeugen können, und daran bestand nach den Berichten kein Zweifel, sandten dann nicht vielleicht umgekehrt auch die fluoreszierenden Stoffe diese X-Strahlen aus? Hatte er sie beim Arbeiten im Labor bisher nur einfach übersehen? Becquerels Neugier war geweckt. Nun benötigte er lediglich noch schönes Wetter, um seine Überlegungen überprüfen zu können. Und der Physiker hatte Glück. Schon ein paar Tage, nachdem er die ersten Zeitungsartikel gelesen hatte, machte sich über der Stadt wie auf Bestellung ein stabiles Schönwettergebiet breit, das die Pariser mit einem strahlendblauen Himmel verwöhnte. Erfreut strahlte Becquerel mit der Sonne um die Wette und kramte seine stattliche Sammlung fluoreszierender Kristalle aus den Schränken, um das erste Experiment vorzubereiten.

Doch wie etwas nachweisen, das unsichtbar ist? Es war nicht schwer. Da Becquerel gelesen hatte, daß die von Röntgen entdeckten Strahlen im Gegensatz zum Licht der Sonne dicken schwarzen Karton durchdringen können, hatte sich der Physiker mehrere Lagen schwarzen Papiers besorgt, in das er nun eine noch unbelichtete Photoplatte einwickelte. Vorsichtig legte er anschließend einige seiner schönsten fluoreszierenden Kristalle auf die jetzt vor jedem Sonnenstrahl geschützte Platte und trug diese einfache Versuchsanordnung an das Fenster seines Labors, um sie dem hellen Sonnenlicht auszusetzen und auf diese Wei-

se die Fluoreszenz anzuregen. Stundenlanges Warten folgte. Becquerel überlegte noch einmal, ob er auch alles bedacht hatte, und war mit sich zufrieden: Wenn das Sonnenlicht bei den Kristallen neben der Fluoreszenz tatsächlich auch die unsichtbaren Strahlen Röntgens hervorrufen sollte – ja, dann mußte die Photoplatte später schwarze Flecken aufweisen.
Endlich sandte die Sonne ihre letzten schwachen Strahlen über die grauen Dächer der Großstadt und erklärte das Experiment für beendet. Sorgfältig legte Becquerel die Kristalle beiseite, notierte genau, an welcher Stelle der Platte welche Gesteinsart gelegen hatte, entfernte schließlich das schwarze Papier und trug die Platte in seine Dunkelkammer, um sie zu entwickeln.
Und wahrhaftig – die Platte wies schwarze Flecken auf! Allerdings nicht so viele, wie Becquerel Kristalle auf den schwarzen Karton gelegt hatte. Nach seiner anfänglichen Freude, daß der Versuch überhaupt ein Ergebnis gebracht hatte, verglich der Physiker daher die vorherige Anordnung der Kristalle gewissenhaft mit der Anordnung der Flecken auf der entwickelten Platte. Überrascht stellte er fest, daß lediglich dort eine Schwärzung der Photoschicht zu beobachten war, wo als Versuchsobjekt Uranverbindungen gelegen hatten. Wurde also nur Uran durch das Sonnenlicht zur Aussendung unsichtbarer Strahlen angeregt? Es schien so.
Immer wieder andere fluoreszierende Kristalle holte Becquerel in den nächsten Tagen aus den Schränken, um sie auf immer wieder neuen, mit dickem schwarzen Papier umhüllten Photoplatten stundenlang der Sonne auszusetzen – immer wieder mit demselben Ergebnis: lediglich jene Gesteinsproben, die Uran enthielten, sandten die unsichtbaren Strahlen aus und färbten so die Platten schwarz. Merkwürdig, daß sich ausgerechnet dieser Stoff als so erfolgversprechend entpuppte. Wenn sich Henri Becquerel

die Fluoreszenzeigenschaften des Urans besah, unterschied es sich kaum von all den anderen Gesteinsproben im Labor. Und die Phosphoreigenschaften waren mit einer lächerlichen knappen Sekunde Nachleuchten nach stundenlanger Lichtzufuhr sogar mehr als bescheiden zu nennen.
Doch irgendwo mußte das Geheimnis des Urans verborgen liegen, und Becquerel liebte nun einmal Geheimnisse, wie viele leidenschaftliche Forscher. Mehr denn je reizte es ihn herauszubekommen, welcher Zusammenhang zwischen der ihm altbekannten Fluoreszenz des Stoffes und den seltsamen durchdringenden Strahlen bestand, die das Uran nach jedem reichlichen Sonnenbad von sich gab.
Und Henri Becquerel bekam es heraus. – Ja, der Zufall ließ es ihm geradezu schwarz vor Augen werden . . . Tagelang hatte die Sonne den Parisern nun schon den Januar des Jahres 1896 versüßt und Becquerel immer wieder neue Versuche ermöglicht, als sie es zur Abwechslung vorzog, hinter dicken grauen Wolken zu verschwinden. Je länger sie dort jedoch ruhte, desto unruhiger wurde der vom Forscherdrang gepackte Physiker. Zu dumm, daß er bei seinen Versuchen auf eine solch unzuverlässige Partnerin wie die launische Sonne angewiesen war!
Am ersten Tag des schlechten Wetters hatte Becquerel ja noch in der Hoffnung, daß die Sonne bald wieder zum Vorschein käme, eine neue Versuchsanordnung hergerichtet.
Am zweiten Tag sandte er einen griesgrämigen Blick zum verhangenen Himmel und legte die mit dickem schwarzen Papier umhüllte neue Photoplatte samt den darauf befindlichen Uranproben schicksalsergeben in einen Schrank, um sie dort bis zum nächsten Hochdruckgebiet vor dem Einstauben zu retten.
In den folgenden Tagen konnte er im Hinblick auf seinen Versuch nichts anderes mehr tun, als sich ärgern. Doch glücklicherweise hat selbst das hartnäckigste schlechte Wetter irgendwann einmal sein letztes Wölkchen ver-

braucht. Kaum ließ sich die Sonne wieder blicken, öffnete der Physiker den Schrank, hob vorsichtig die darin gelagerte Platte hoch und trug sie mit den darauf befindlichen Gesteinsproben zum Schreibtisch. Ja, zum Schreibtisch.
Es war der 1. Februar 1896. Warum Becquerel die Platte an diesem Tag nicht gleich an das Fenster trug, durch das nun endlich wieder freundlich lockend die Sonne schien? Man weiß es nicht. Und ebensowenig weiß man heute, warum der Physiker, der ja wohl auf nichts sehnlicher als auf eben diese Sonne gewartet hatte, nun auch noch daranging, in aller Ruhe die Gesteinsproben von der Platte zu nehmen, das Papier zu entfernen und mit der Platte in seine Dunkelkammer zu marschieren, um sie dort zu entwickeln.
Was um alles in der Welt erwartete Becquerel darauf zu sehen? Er selbst hatte immerhin vor Tagen eine frische, unbelichtete Photoplatte in das Papier gehüllt und diese nie der Sonne ausgesetzt. Also mußte sie noch immer glasklar sein! War Henri Becquerel unsicher geworden, ob er wirklich eine neue Platte eingewickelt hatte? Oder war es schlicht Eingebung, die ihn die Platte entwickeln ließ?
Was auch immer der Grund für Becquerels Gang in die Dunkelkammer gewesen sein mochte – das Ergebnis dieser undurchschaubaren Tat verblüffte selbst den Täter. Ungläubig starrte er auf die Platte in seinen Händen: Noch feucht glänzend von Entwicklerflüssigkeit, war sie an den Stellen, an denen die Uranproben auf dem Papier gelegen hatten, tiefschwarz gefärbt. Henri Becquerel versuchte mühsam sich klarzumachen, daß das Uran, auch ohne vom Sonnenlicht dazu angeregt worden zu sein, irgendwelche unsichtbaren Strahlen ausgesandt haben mußte, die das dicke Papier durchdrungen hatten.
Also hatte die Sonne mit der Erscheinung gar nichts zu tun! Möglicherweise jedenfalls. Denn wie Röntgen war auch Becquerel viel zu sehr ernsthafter Wissenschaftler, um sich von einer einzigen belichteten Photoplatte zum Hinauspo-

Abzug der Photoplatte von Henri Becquerel, die zur Entdeckung der Radioaktivität führte.

saunen neuer physikalischer Ergebnisse verleiten zu lassen. Immerhin bestand ja auch noch die Möglichkeit, daß die für den Versuch vorgesehenen Uranproben bereits bei vorhergehenden Versuchen so viel Sonnenlicht gespeichert hatten, daß die Anregung für die Schwärzung der Platte im Schrank noch ausgereicht hatte.

Und Henri Becquerel, der bis zu diesem Tag, ja bis zu dieser Stunde für seine Versuche mit den fluoreszierenden Stoffen das Licht der Sonne jahrzehntelang oft regelrecht herbeigesehnt hatte, wurde plötzlich lichtscheu. Fieberhaft arbeitete er bald nur noch mit Uransalzen, die schon lange im Dunkeln der vielen Schubladen seines Labors aufbewahrt worden waren, und stellte schließlich als Krönung seiner dunklen Machenschaften im völlig verdunkelten Labor reines Uransalz her. Nach dieser Tat dürfte Henri Becquerel tief durchgeatmet haben. Ja, vielleicht standen ihm, trotz der winterlichen Temperaturen vor dem Haus, vor Aufregung sogar ein paar Schweißperlen auf der Stirn, als er kurz darauf das kostbare Klümpchen Uran im Dunkeln auf eine neue Photoplatte legte.

Es wäre verständlich. Denn nun, da Becquerel wirklich jeden nur möglichen Lichteinfluß auf das Uran ausgeschlossen hatte, stand der endgültige Beweis bevor: Wenn jetzt die unbelichtete Photoplatte nach ihrem Rendezvous mit der so umständlich erhaltenen Uranprobe schwarz gefärbt sein sollte – dann wäre sicher, daß das Uran von sich aus eine bislang unbekannte Strahlung aussendet, ohne je durch das Sonnenlicht, die Fluoreszenz oder irgendeine andere äußere Beeinflussung dazu angeregt worden zu sein. Die Platte war schwarz gefärbt.

Als Mitglied der Pariser Akademie der Wissenschaften teilte Henri Becquerel seine Ergebnisse den anderen Angehörigen der Vereinigung zunächst mündlich mit, bevor sie am 24. Februar 1896 in den Schriften der Akademie veröffentlicht wurden.

Knapp zwei Monate nach Röntgens erstem Bericht über die X-Strahlen hatte die Welt auf diese Weise also eine weitere »strahlende« Sensation zu verkraften. Sosehr die von Becquerel entdeckten Strahlen den von Röntgen wahrgenommenen nämlich auch ähnelten, weil zum Beispiel beide Strahlungsarten die verschiedensten Stoffe durchdringen konnten, es waren keine X-Strahlen. Nein, diese unsichtbare Strahlung, die von dem Element Uran tatsächlich ständig ausging, war etwas völlig Unerwartetes: Henri Becquerel hatte durch puren Zufall die natürliche Radioaktivität entdeckt! Anders jedoch als bei den aufsehenerregenden Bildern der Handknochen Conrad Röntgens, die selbst dem Laien im wahrsten Sinne des Wortes vor Augen geführt hatten, welche Möglichkeiten die X-Strahlen bieten, war die Bedeutung der *»Becquerel-Strahlen«* anfangs nur für Wissenschaftler erkennbar.

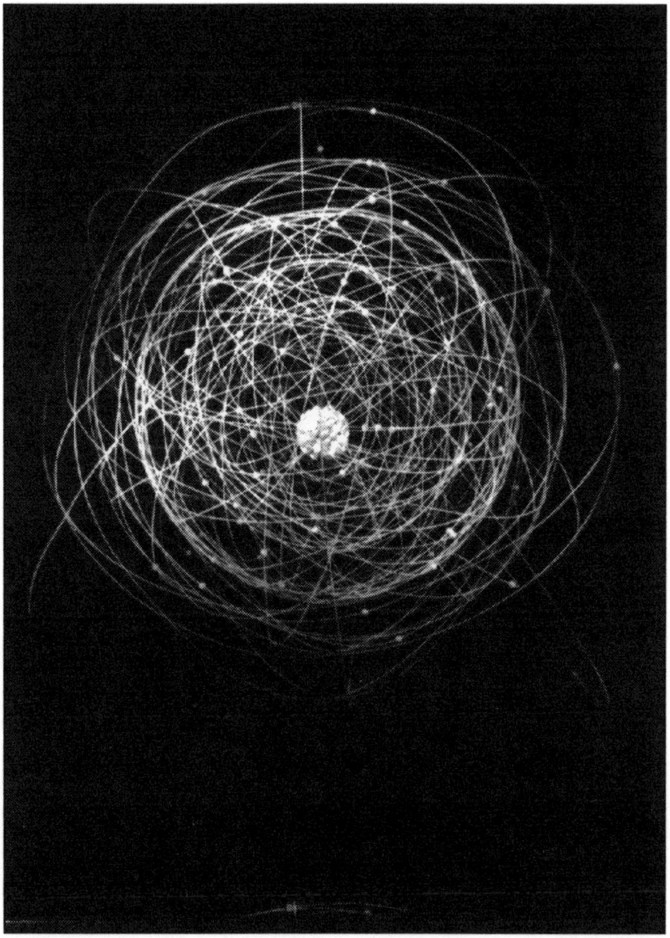

Uranatom, Modell.

Diese aber staunten um so mehr. Plötzlich wußte man von einer Strahlung, die scheinbar aus dem Nichts kommt.
Aus dem Nichts – wenn, ja wenn die Physiker und Chemiker an ihrem Glauben festhalten wollten, daß das Atom das kleinste aller Teilchen sei.
Verlegen kratzte sich manch einer am Kinn. Sollte es möglicherweise doch ein Fehlgriff gewesen sein, als man für

dieses kleinste aller Teilchen den griechischen Namen *»Atomos«* wählte, was schließlich nichts anderes bedeutet als *»das Unteilbare«*?

Ach, wie schön war eben noch das sichere Gefühl gewesen, wenigstens die Welt des Atoms vollkommen begriffen zu haben! Und nun war da nach Pasteur schon wieder einer, der Unruhe unter die Gelehrten brachte, weil seine Entdeckung alle althergebrachten wissenschaftlichen Ansichten über den Haufen zu werfen drohte!

Doch immerhin – die Herren der Akademie der Wissenschaften und auch sonst auf der Welt schrien diesmal nicht wie noch bei den ersten Stunden der Schutzimpfung Zeter und Mordio (vielleicht war die Sache ja einigen noch in peinlicher Erinnerung), sondern legten brav die gelehrte Stirn in Falten, um sich weiter zu fragen, woher denn bloß die Energie der Uranstrahlung kommen könnte.

Und in derart ungewohnt selbstkritischer Haltung brütete man die denkbar einfachste Antwort aus: Das Atom, so leid es manchen tun mochte, mußte eine »Unterwelt« besitzen. Eine Welt aus noch kleineren Teilchen, als man sie bisher je vermutet hatte, und die sogar in der Lage waren, Energie abzugeben – Atomenergie.

Henri Becquerels zufällige Entdeckung hatte der Physik ein neues Arbeitsgebiet eröffnet. Allen brannte die Frage nach dem genauen Ursprung der mysteriösen Energie auf den Nägeln. Und war das Uran das einzige strahlende Element, oder entpuppten sich bei genauerem Hinsehen noch andere Stoffe als »radioaktiv«?

Eine aus Polen stammende junge Frau widmete sich all diesen Fragen besonders eifrig. Sie lebte seit einigen Jahren in Paris und war, was für Frauen der damaligen Zeit reichlich ungewöhnlich war, Physikerin.

Henri Becquerel schien im Gegensatz zu den meisten Männern seiner Zeit jedoch keine Vorurteile gegen studierende weibliche Wesen zu haben, denn die junge Frau wurde

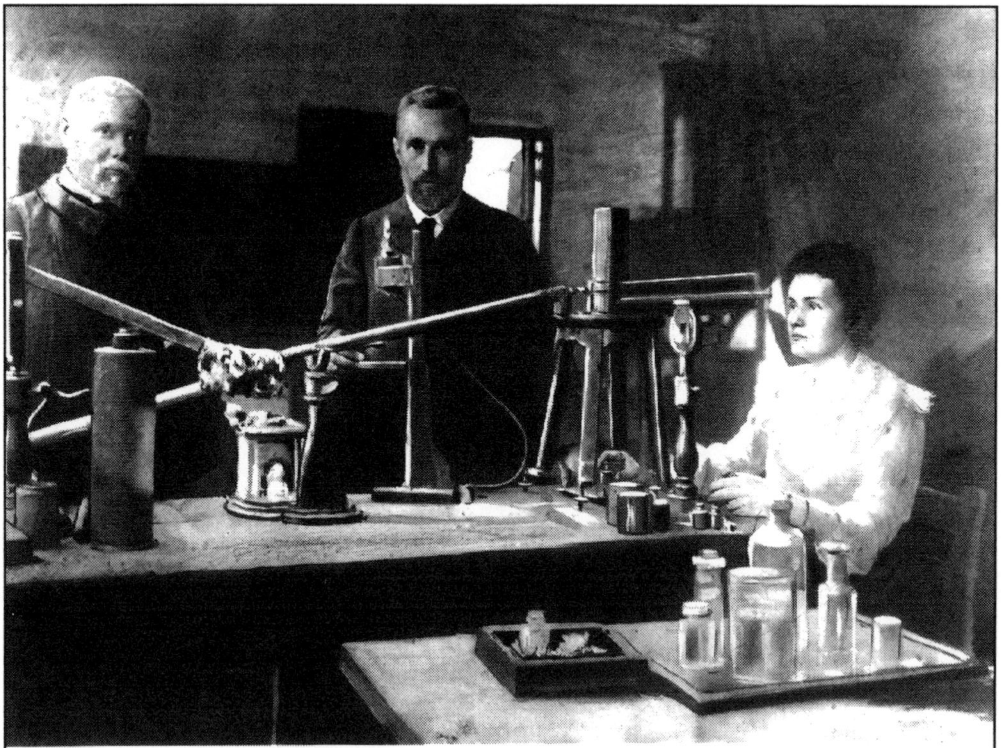

Marie und Pierre Curie, Pysiker. Nach einer übermalten Photographie.

Becquerels Assistentin. Als Thema ihrer Doktorarbeit wählte sie die Untersuchung der Radioaktivität. Ihre Forschungsergebnisse sollten den Namen der jungen Polin weltberühmt machen: Marie Sklodowska-Curie.
Zusammen mit ihrem Mann Pierre verlieh man Madame Curie 1903 als Anerkennung *»des außerordentlichen Verdienstes, das sie sich durch ihre gemeinsamen Arbeiten über die von Henri Becquerel entdeckten Strahlungsphänomene erworben haben«*, die Hälfte des Nobelpreises für

Physik. Die andere Hälfte der Auszeichnung erhielt Henri Becquerel selbst.
Stolz und ohne jeden Anflug eines mulmigen Gefühls hatte der Physiker die Ehrung entgegengenommen. Wie sollte er auch anders! Schließlich freute er sich zu Recht darüber, durch seine Arbeiten mit dem Element Uran das *»Atomzeitalter«* eingeläutet zu haben. Noch umgab dieses neue Wort nicht der geringste bittere Beigeschmack.
Und so starb Henri Becquerel 1908 im Alter von sechsundfünfzig Jahren, ohne zu ahnen, wie nachhaltig seine durch Zufall gemachte Entdeckung unser Leben verändern sollte.

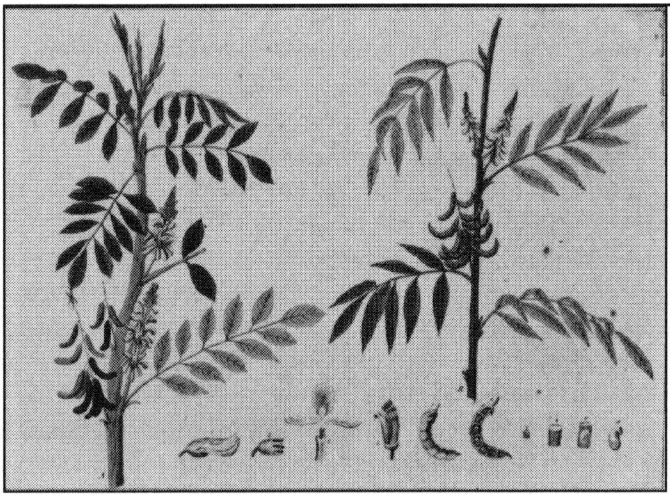

Indigo-Pflanze. Aus dem Bilder-Atlas für Kaufleute und Fabrikanten, Leipzig 1838.

DAS HATTE GERADE NOCH GEFEHLT

Die BASF gewinnt das Wettrennen um den ersten künstlichen Indigo

Es war wie ein Hohn. Hatte nicht der Chemiker August Wilhelm Hofmann in jüngeren Jahren messerscharf gefolgert, daß im Steinkohlenteer das Geschäft mit den künstlichen Farbstoffen verborgen liegen müsse, weil das ölige Anilin sowohl im Steinkohlenteer als auch im natürlichen blauen Indigo entdeckt worden war? Und nun, im Jahre 1891, war dieser große Chemiker ein alter Mann, und dem Steinkohlenteer waren tatsächlich die herrlichsten Farben entlockt worden, Tausende von künstlichen Farben sogar. Aber der leuchtendblaue Indigo, jener pflanzliche Farbstoff, der Hofmann ja überhaupt erst auf den Gedanken gebracht hatte, in dieser Richtung zu forschen, entzog sich noch immer der industriellen Herstellung – zumindest zu sinnvollen Preisen.
Es war, als ob der *»König der Farbstoffe«*, wie ihn alle nannten, beschlossen hatte, seine Krone für immer auf dem

Indigobereitung in Westindien. Kupferstich, 1667.

stolzen Haupte zu tragen. Und stolz durfte der natürliche Indigo auch sein, wenn man betrachtete, wie mühselig er seit Jahrhunderten gewonnen werden mußte. Billige Arbeitskräfte schufteten unter der glühendheißen Sonne Indiens auf riesigen Indigoplantagen, warfen die geernteten Pflanzen in gewaltige Gärbottiche und rührten und filtrierten, bis das in kleinen Säckchen an der Luft getrocknete Farbpulver endlich in alle Welt exportiert werden konnte – zu sündhaft teuren Preisen, versteht sich.
Es versteht sich natürlich ebenfalls, daß es nicht nur dieser hohe Preis war, der die besten Chemiker Englands im Anschluß an Perkins erste zufällige Farbstoffsynthese im Jahre 1856 nach Wegen suchen ließ, auch dem heißbegehrten Indigo hinter das synthetische Geheimnis zu kommen. Immerhin gab es da auch noch den Ehrgeiz jedes gesunden Wissenschaftlers, eine harte Nuß zu knacken. Doch so ganz ungelegen kam zumindest den überall nach Perkinschem Muster aus britischem Boden schießenden chemischen Fabriken der hohe Preis des Indigos nicht. Denn wem es auch immer gelingen sollte, die Stoffärber vom teuren Import des Indigos zu erlösen, nun, der konnte

selbst »abkassieren« – was bei einem Weltverbrauch des begehrten Pulvers von etwa 5 Millionen Kilogramm im Jahr sicherlich keinen Hungerlohn bedeutete.
Es drehte sich also – fast – alles ums liebe Geld, als jene spannende Jagd begann, an deren Ende die Jäger ein freudiges: »Der König der Farbstoffe ist tot!« in die Welt hinausjubeln konnten, wenn auch erst nach drei Jahrzehnten hartnäckiger Forschung – und auch erst, nachdem ihnen ein Zufall das natürliche Indigo vor die Flinte getrieben hatte. In Deutschland.
Hier hatte man nämlich nicht allzu lange geschlafen, seit Perkin mit hellvioletten Fingern den Grundstein der englischen Teerfarbenindustrie gelegt hatte. Spätestens nachdem die Londoner Weltausstellung im Jahr 1862 bunt schillernd bewiesen hatte, daß die englischen Teerfarbstoffe ein einzigartiges Geschäft zu werden versprachen, rieben sich auch viele deutsche gewitzte Köpfe den Sand aus den Augen und stürzten sich mit einem übermütigen: »Was die Engländer können, können wir noch besser!« in das Abenteuer der Farbstoffproduktion. Wobei der markerschütternde Schlachtruf für sich betrachtet wahrscheinlich wenig genützt hätte, wenn nicht hinzugekommen wäre, daß im gesamten Europa des 19. Jahrhunderts ein gewaltiges Bevölkerungswachstum einsetzte, das alleine die kleine Schar von etwa 20 Millionen Deutschen im Jahre 1800 auf stattliche 56 Millionen im Jahre 1900 anwachsen lassen sollte. Und all diese vielen Menschen benötigten Kleider – Kleider, bei denen vor allem die Damen auf besonders viel Stoff Wert legten, nachdem die Gemahlin Kaiser Napoleons III. in der Mitte des Jahrhunderts vorgemacht hatte, wie man, mehr oder weniger mühelos, Staatsroben mit 36 Metern Rocksaumweite tragen konnte. Selbst für die Damen des Bürgerstandes diktierte die Mode daher bald Gewänder, die aus mindestens zehn Unterröcken bestanden, worüber weitere zwei bis drei Überröcke getragen

Das grüne Kleid der Kaiserin Eugenie, Gemahlin Kaiser Napoleons III. Während bisher das Licht der Gaslampen grüne Stoffe unvermeidbar in Blau verwandelt hatten, blieb das Kleid der Kaiserin unverändert grün. (Das neue Aldehydgrün von Hoechst.)

Farbenfabrik, 1898. Frontansicht, Modell.

wurden, die allesamt in satten Farben zu leuchten hatten. Daß so viel füllige Hülle dabei nicht vor der Wohnungseinrichtung haltmachen durfte, war selbstverständlich. Und man ersann faltenreich geraffte Vorhänge und üppige Bordüren, wohin das Auge nur blickte.

Das Geschäft mit Stoffen blühte unter diesen Voraussetzungen in Deutschland rasch ebenso wie in England, und mit ihm gediehen auch hier einige der kleinen Farbfabriken, die anfangs zum Teil nur in Holzschuppen untergebracht gewesen waren, zu riesigen Unternehmen. Besonders die Namen der beiden größten deutschen Firmen BASF und Hoechst waren dabei innerhalb kürzester Zeit nicht mehr vom Weltmarkt der Farbstoffe wegzudenken.

Nun belebt Konkurrenz bekanntlich das Geschäft, und dies war auch im Falle von Hoechst und BASF nicht anders. Mit dem kleinen Zusatz allerdings, daß das Geschäft auch die Konkurrenz zwischen den beiden Firmen belebte. Trickreich kämpften die Verantwortlichen um Marktanteile, wiesen ihre fähigsten Chemiker in den mit allen neuesten Errungenschaften der Wissenschaft ausgestatteten Labors zu immer mehr künstlichen Farbkompositionen aus Steinkohlenteer an und rieben sich vergnügt die Hände, wenn es wieder einmal gelungen war, mit einer neuen Farbe die Nase vorn zu haben.

Nur am heißbegehrten Indigo – da bissen sich die BASF und Hoechst genauso wie die Engländer die Zähne aus. Die Chefs beider Firmen blickten daher gegen Ende der sechziger Jahre gebannt in Richtung Berlin, wo es sich ein Mann zum Ziel gesetzt hatte, das Indigo zu enttarnen. Er hieß Professor Adolf Baeyer, war dreißig Jahre alt und lehrte organische Chemie.

Adolf von Baeyer (1835–1917) versuchte zwanzig Jahre vergeblich, eine harte Nuß zu knacken ...

Adolf Baeyers chemische Leidenschaft war das Experimentieren. Mochten andere am Schreibtisch sitzen und theoretische Formeln austüfteln – er war der Praktiker, der das Indigo mit Hilfe des Reagenzglases einzukreisen versuchte. Stück für Stück arbeitete er sich an die Struktur des blauen Farbstoffes heran, bis es ihm 1870 zusammen mit seinen Mitarbeitern gelang, die chemischen Bausteine des natürlichen Indigos zu entdecken.

Nun endlich schien der Weg für die künstliche Herstellung frei. Doch da Chemie nun einmal nicht so einfach ist wie Eintopfkochen, sollte es noch weitere zehn Jahre dauern, bis Adolf Baeyer, der mittlerweile nach München gezogen war, Anfang 1880 die erste Indigosynthese patentieren lassen konnte.

Das Ereignis schlug ein wie eine Bombe. Die ausführlichen Berichte der Zeitungen über Baeyers »Sieg« schürten den Traum von Tonnen künstlichen Indigos. Vor allem aber in den Chefbüros von BASF und Hoechst schrillten die Alarmglocken. Eilig setzte man die Zylinder auf und reiste nach München, um mit Adolf Baeyer über die Auswertung

Historisches Farbstoffetikett für Indigo.

des begehrten Patentes zu verhandeln. Mit dem Erfolg, daß Hoechst und die BASF das Patent gemeinsam übernahmen. Und es ließ sich mit Baeyers Rezept der Indigoherstellung in den Firmenlabors der beiden Rivalen auch wirklich fabelhafter künstlicher Indigo gewinnen. Nur hatte die Sache einen unübersehbaren Haken: die Ausgangsstoffe für die Synthese waren sündhaft teuer.

Als die BASF kurze Zeit nach der Patenterwerbung den ersten industriellen Indigo auf den Markt brachte, war sein Preis daher so wahnwitzig hoch, daß sich die Plantagenbesitzer in Indien nach all der Aufregung um Adolf Baeyers Synthese wieder gemütlich in ihre Lehnstühle zurückfallen lassen konnten. So einfach war ihre Einnahmequelle nun doch nicht in die Knie zu zwingen. Auf den »König« war eben Verlaß.

In ihrer Hilflosigkeit beschlossen die BASF und Hoechst im Sommer 1880, sich gemeinsam an die Fährte des Indigos zu heften. »Einigkeit macht stark« heißt es im Sprichwort. Im Falle der BASF und Hoechst bedeutete dies, daß für die Versuche nun außer einigen hundert bestens ausgebildeten Chemikern und Technikern in modernsten Labors auch mehrere Millionen Mark zur Verfügung standen. Und genau dieses Geld sollte für die Durststrecke, die allen blühte, noch dringend gebraucht werden. Denn was auch immer die wackeren Firmenchemiker im nächsten Jahrzehnt an neuen Indigoverfahren ausbrüteten – stets murmelten die Kaufleute der Unternehmen ein vernichtendes: *»Unwirtschaftlich!«* und zogen mit ihren Rotstiften einen dicken Strich übers Papier. Das sah nicht nur unschön aus, sondern trübte zugleich die Freude im Labor.

Indigolabor der BASF um die Jahrhundertwende.

Aus dem Farbenlabor von Hoechst. Aktuelle Photographie.

Zehn Jahre lang reihte sich auf diese Weise in den Firmen Versuch an Versuch, Hoffnungsschimmer der Chemiker an Genickstoß der Kaufleute, und man ärgerte sich allmählich grün, weil es einfach nicht gelingen wollte, preisgünstiges Blau herzustellen.

In dieser verfahrenen Lage griffen die Chefs der BASF und Hoechst nur allzu gerne nach jenem Rettungsanker, der ihnen 1890 aus Zürich zugeworfen wurde. Dort nämlich hatte Professor Karl Heumann am Eidgenössischen Polytechnikum gleich zwei neue Indigosynthesen entwickelt. Und mit frischem Schwung machten sich die Firmenchemiker daran, beide Verfahren zu überprüfen.

Doch gleich der erste, recht einfache Weg führte wie unzählige Versuche zuvor in eine Sackgasse: Die Ausbeute war zu gering. *»Unwirtschaftlich!«* zischelte es wieder aus den Reihen der Kaufleute hervor.

Blieb also nur noch das zweite Verfahren. Hierfür hatte sich Heumann im Gegensatz zum ersten Weg allerdings einen recht exklusiven Start ausgedacht. Bereits der erste Produktionsschritt konnte nur mit teurer Salpetersäure durchgeführt werden: Es handelte sich um die Umwandlung von Naphtalin in Phtalsäure. Was, wenn es gelänge, ein billigeres Mittel für diese Oxidation zu verwenden? grübelte man bei der BASF und bei Hoechst.
Zur Beantwortung dieser Frage schlugen die beiden Firmen unterschiedliche Wege ein. Während man bei Hoechst zunächst einmal daranging, für die weiteren Experimente eine neue elektrochemische Anlage zu errichten, versuchte man bei der BASF, die teure Salpetersäure durch rauchende Schwefelsäure zu ersetzen. Diese rauchende Schwefelsäure, auch Oleum genannt, stand in der BASF als Nebenprodukt anderer Verfahren ohnehin zur Verfügung. So war verständlich, daß man sie am liebsten als Oxidationsmittel gesehen hätte. Aber auch hier verliefen die ersten Versuche mal wieder alles andere als ermutigend. Sicher, sie bewiesen, daß es theoretisch möglich ist, Naphtalin mit Hilfe von Oleum in Phtalsäure zu überführen. Wenn da nicht wieder die Kaufleute mit ihren Rotstiften gewedelt hätten! Nur ganze 15 Prozent des in die Reaktion eingebrachten Naphtalins wurden letzten Endes nämlich zu Phtalsäure.
»Und bist du nicht willig, so brauch' ich Gewalt«, schienen sich die entnervten BASF-Chemiker in dieser Lage gedacht zu haben. Irgendwie mußte sich schließlich die Umsetzung erhöhen lassen! Wozu gab es denn Katalysatoren? Und wozu hatte man gelernt, daß die meisten Reaktionen bei höheren Temperaturen besser ablaufen!
Mit konzentrierter Miene fügten die Chemiker der BASF daher in den nächsten Monaten alle nur denkbaren Zusätze in die mit Naphtalin und Oleum gefüllten Bechergläser. Und sorgfältig notierten sie die auf den hinzugefügten Thermometern abzulesenden Werte ...

Filterpressen aus dem Jahr 1921 in der Indigofabrik von BASF.

Hat man die mühsame Suche nach dem ersten industriellen Indigo der Welt bis zu dieser Stelle verfolgt, so wird verständlich, warum der Zufall, der nun folgen sollte, oft als einer der berühmtesten in der Chemiegeschichte bezeichnet wird.

Über zwanzig Jahre lang hatten die besten Chemiker Europas ja mittlerweile versucht, das künstliche Indigo in den Griff zu kriegen. Zwanzig Millionen Mark hatte alleine die BASF in diese Jagd gesteckt.

Und dann war es ein Zufall, ein kleines, unbedeutendes Mißgeschick, der das Herumstochern im Nebel endgültig beendete. Schlagartig. Oder besser fallartig. Denn es war ein zerbrochenes Thermometer, das den Chemikern der BASF zum Durchbruch verhalf.

Nun scheinen besonders zerbrochene Thermometer bestens dazu geeignet zu sein, den Nährboden für Legenden

Der Stoff wird auf seine gleichmäßige Färbung überprüft, 1993.

abzugeben. Schließlich war es ja auch seinerzeit bei Louis Daguerre ausgelaufenes Quecksilber gewesen, das die Entwicklung der Photographie im wahrsten Sinne des Wortes vorangetrieben hatte und die Geschichts- und Geschichtenschreiber zu Höchstleistungen beflügelte.

Und nun, im Falle der heißumkämpften Bastion Indigo, wiederholte sich das Spiel. In einer der zweifelsohne phantasievollsten Schilderungen des Zufalls geht dabei ein Laborant *»mit einer Liste von Glas zu Glas, hebt ein Thermometer aus dem Reaktionsgemisch, murmelt einen Meßwert vor sich hin und trägt ihn in die Liste ein. Nur eine kleine Unachtsamkeit, und schon rutscht dem jungen Mann ein Thermometer aus der Hand. Klirrend fällt der Glaskörper in eines der Gläser und taucht verdächtig tief ein. Als der Laborant das Thermometer herausziehen will, merkt er gleich am Gewicht, daß das Thermometer hin ist. Als er ei-*

nen deftigen Fluch unterdrückt, schauen seine Kollegen von ihrer Arbeit auf. Einen Augenblick lang wird das Mißgeschick diskutiert, dann wendet sich jeder wieder seiner eigenen Arbeit zu. Anhand der Nummer, die auf dem Becherglas steht, stellt der Laborant die Zusammensetzung der Probe fest und bereitet aus Schwefelsäure und Naphtalin einen neuen Ansatz, um seine Messungen danach fortzusetzen. Das Glas mit dem zerbrochenen Thermometer steht abseits. Erst als alle Messungen beendet sind, nimmt der Laborant es vom Tisch, um den Inhalt durch ein Sieb in den Ausguß zu kippen und gleichzeitig die Glassplitter zurückzuhalten. Doch als er gerade das Glas neigen will, hält er erstaunt inne. Der Inhalt hat sich in der kurzen Zeit verändert. Das Naphtalin hat sich weitgehend zu Phtalsäure umgesetzt. Der ideale Katalysator für diese Reaktion ist Quecksilber, und ein zerbrochenes Thermometer hat den Weg gewiesen.«

Völlig anders, und zugegebenermaßen auch völlig unromantisch, schildert dagegen die Schriftenreihe des BASF-Firmenarchivs selbst den »Fall«: *»Zunächst aber waren die Ausbeuten bei diesem Oxidationsverfahren noch zu gering; sie betrugen nur etwa 15 Prozent des der Reaktion unterworfenen Naphtalins. Zusätze mannigfachster Art wurden untersucht, brachten aber keine Besserung. Da fielen im Jahr 1891 plötzlich zwei Laboratoriumsversuche mit 33 und 46 Prozent ganz aus der Reihe. Was mochte hier vorgegangen sein? Zum Glück hatte der bei den Versuchen helfende Arbeiter gut aufgepaßt und wußte zu berichten, daß eine eiserne Thermometerhülse, in der sich Quecksilber aus einem zerbrochenen Thermometer befunden hatte, von der Säure zerfressen worden war. Sollte etwa Quecksilber in den Kessel gelaufen sein mit der völlig unerwarteten Wirkung, daß sich die Phtalsäureausbeute erhöhte? Ein Kontrollversuch, bei dem Quecksilber absichtlich zugegeben wurde, bestätigte diese Vermutung.«*

Doch egal, auf welche Weise das schicksalhafte Thermometer nun wirklich sein Leben aushauchte, ob ein Laborant besonders ungeschickt oder ein Arbeiter besonders pfiffig gewesen war – in einer Hinsicht beweisen die Geschichtsschreiber wohltuende Übereinstimmung: bei der Tatsache nämlich, daß von diesem Tage an der Weg für die wirtschaftliche Herstellung des künstlichen Indigos endlich offenlag.

Der Rest war Feinarbeit, war ein kleiner Schritt im Vergleich zu den langen Jahrzehnten vergeblichen Bemühens. Und als im Juli 1897 der erste preiswerte *»Indigo rein BASF«* das Werk verließ, war das Schicksal des natürlichen Indigos besiegelt.

Das erste Musterbuch, BASF.

Vor allem bei einer Familie in den USA dürfte dieser Umstand allerdings wenig Mitleid mit den schwergetroffenen Plantagenbesitzern Indiens hervorgerufen haben. Denn welcher Unternehmer ist nicht hell entzückt, wenn seine Rohstoffe gut und billig sind?

Die Rede ist von der Sippe Strauss und allen voran vom achtundsechzig Jahre alten Levi Strauss, der mit vierzehn Jahren von Bayern nach Amerika ausgewandert war, um sein Glück zu suchen. Er fand es sieben Jahre später in

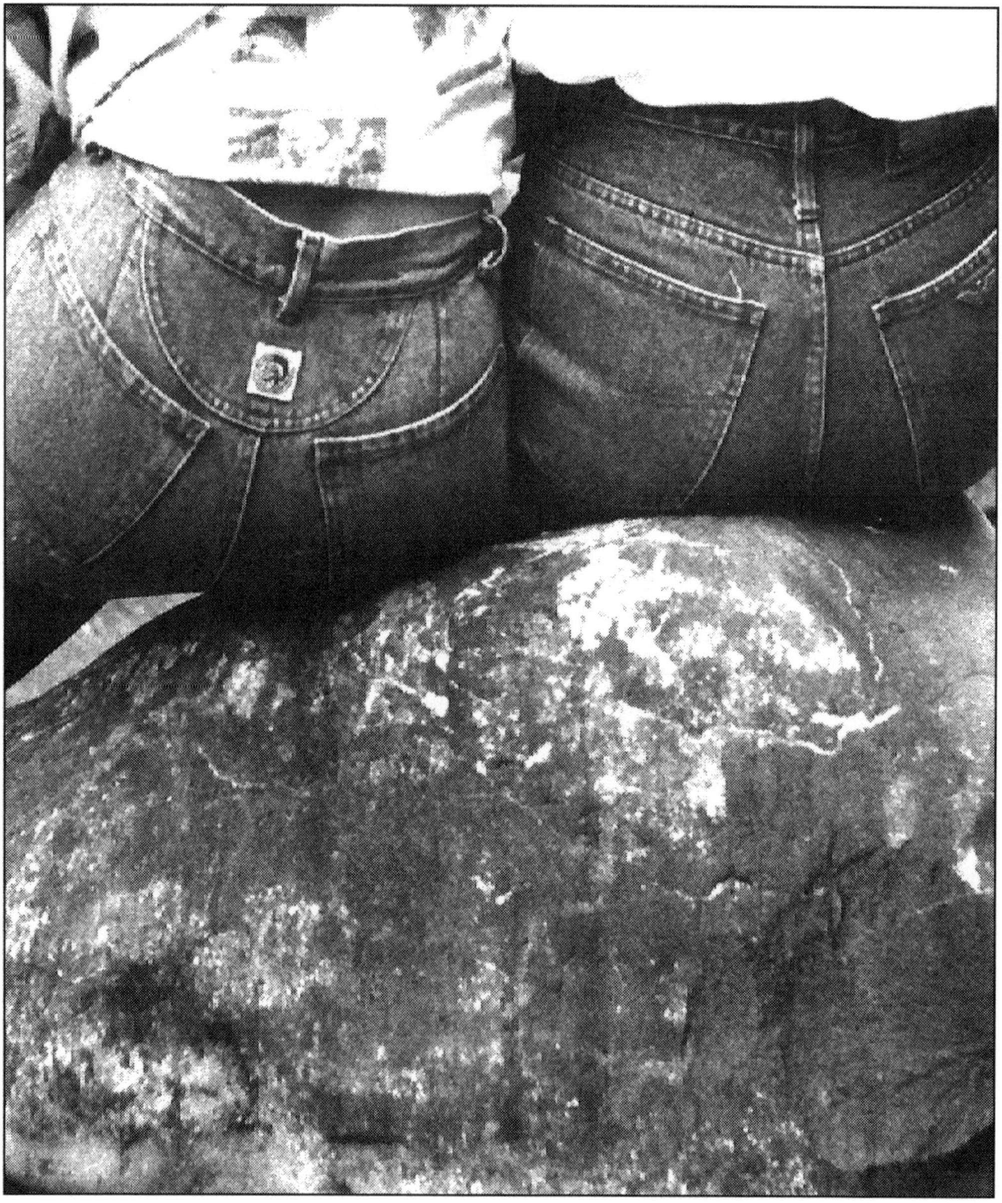

Form robuster Arbeitshosen. Durch Zufall war er in San Francisco durch einen Goldgräber auf die Idee gebracht worden, aus strapazierfähigem Stoff jene Beinkleider zu fertigen, die die wegen des Goldrausches zu Tausenden anreisenden Männer des Wilden Westens am dringendsten benötigten: Jeans. Sie fanden reißenden Absatz, weil sie beim Goldschürfen eben nicht rissen.
Nur einen Nachteil hatten diese ersten Jeans. Sie waren fast weiß. Und diese »Farbe« verlor beim Herumkriechen auf der Erde verständlicherweise sehr leicht ihr ursprüngliches Aussehen. So kam Levi Strauss 1853 auf den Gedanken, seine Hosen einzufärben. Als Farbe wählte er Indigoblau. Bald besaß Levi Strauss ein großes Unternehmen, das er zusammen mit seinen Brüdern und Neffen leitete. Ja, selbst das Ende des Goldrausches überstand man unbeschadet. Denn unempfindliche Arbeitshosen wurden schließlich immer noch benötigt.
Zur gleichen Zeit setzten drüben im alten Europa die deutschen Farbstoffirmen ihren kometenhaften Aufstieg fort, der sie schließlich über 80 Prozent der Weltmarktanteile beherrschen ließ.
Etwas zähneknirschend bemerkte eine englische Tageszeitung im Jahre 1913 dazu:
»Obwohl in England die Wiege der Teerfarbenindustrie gestanden hat, sind wir mittlerweile von der weiteren Aufzucht des Chemiesprößlings völlig ausgeschlossen worden. Die Farbstoffindustrie ist zu einer rein deutschen Angelegenheit geworden.«
Dann kam der erste Weltkrieg. Es folgten Preiskämpfe und Preisstürze, es folgte der zweite Weltkrieg, und viele Farbstoffe verschwanden aus Gründen der Unwirtschaftlichkeit für immer aus den Farbstoffprogrammen der Firmen.
Doch der Indigo überlebte. Und das, obwohl es der BASF auch bei den Blautönen mittlerweile gelungen war, wesentlich leuchtendere und vor allem dauerhaftere Produkte

herzustellen, die den Stoffärbern so gut gefielen, daß es um den synthetischen Indigo zwischendurch sogar bedrohlich still zu werden drohte.
Aber es gibt eben nur ein »Jeansblau«. Und dies war das Glück des Indigozwillings aus dem Reagenzglas. Denn so, wie die Jeans im alten San Francisco des Goldrausches ihren ganz großen Durchbruch dem Blau des natürlichen Indigos zu verdanken hatten, verdankt der synthetische Indigo seinen ganz großen Durchburch der Jeansmode und dem Bedürfnis ihrer Träger, die Beinkleider auch heute noch so aussehen zu lassen, wie die Arbeitshosen des guten alten Levi Strauss nun einmal auszusehen haben: unvergleichlich »blue« und ausgewaschen . . .

EIN SEPTEMBERTAG VOLL GUTER LAUNE

Alexander Fleming entdeckt das Penicillin

Alexander Fleming (1881–1955) bewies, daß Unordnung gelegentlich ganz nützlich sein kann.

Wie sah es nur wieder auf seinem Arbeitstisch aus! Seit der aus Schottland stammende Alexander Fleming in dem kleinen Laboratorium des St. Mary's Hospital von London Einzug gehalten hatte, bot sich seinen Kollegen stets das gleiche chaotische Bild unordentlich übereinandergeschichteter Manuskripte, Notizen und unzähliger flacher Glasschalen. Und inmitten dieser selbstgeschaffenen Idylle saß Fleming über sein Mikroskop gebeugt, um mit Bakterien zu »spielen«. Ja, er war genialer Schlamper und begeisterter Laborwissenschaftler in einer Person: eine Kombination, die in diesem besonderen Fall Millionen Menschenleben retten sollte . . .

Wie viele Wissenschaftler seit Louis Pasteurs überwältigendem Triumph der Schutzimpfungen hatte sich auch der junge Fleming dazu entschlossen, den Kampf gegen jene kleinsten Lebewesen aufzunehmen, die Leeuwenhoek vor so langer Zeit entdeckt hatte. Schließlich wußte man mittlerweile nur zu gut, daß schon eine einzige Mikrobe genügen konnte, um einen ausgewachsenen Menschen dem Tode zu weihen. Und wenn es Pasteurs bisherigen Nachfolgern inzwischen auch gelungen war, gegen einige weitere Infektionskrankheiten erfolgreiche Schutzimpfungen zu entwickeln, so waren Menschen und Tiere doch noch immer wehrlos den Aberdutzenden anderer bakterieller Erkrankungen ausgeliefert, gegen die es keine vorbeugenden Maßnahmen und erst recht kein einziges Mittel zur Heilung gab, wenn die Krankheit ausgebrochen war. Wie alle Studenten der Medizin, so hatte diese Erkenntnis auch Alexander Fleming erzittern lassen.

Als dem frischgebackenen Doktor nach Abschluß seines Studiums im Jahre 1908 eine Stelle im Laboratorium für

Infektionskrankheiten des St. Mary's Hospital angeboten wurde, griff er daher bereitwillig zu. Mühelos fügte sich der junge Mann in die Reihe der dortigen Wissenschaftler ein, die schon seit langem nach Wegen suchten, die tödlichen Bakterien wirksam zu bekämpfen.

Schon bald allerdings führte der erste Weltkrieg zu einer Unterbrechung dieser Laborarbeiten, denn Fleming meldete sich freiwillig als Arzt zum Einsatz im Frontgebiet. Unsägliches Leid erwartete ihn dort. Aber das schlimmste war: Selbst wenn Fleming bis zur vollständigen Erschöpfung arbeitete, starben Tag für Tag Soldaten, deren Verletzungen an sich gar nicht lebensbedrohlich gewesen wären. Sie starben an durch Bakterien verursachten Infektionen. Und niemand vermochte das Aufsteigen des sogenannten Wundbrandes zu verhindern.

Erschüttert kehrte Fleming an seinen Londoner Labortisch zurück und kniete sich, mit den noch frischen Bildern des grauenvollen Krieges vor Augen, mehr denn je in seine Arbeit: Es mußte doch möglich sein, ein Medikament zu entwickeln, das den Bakterien im Körper eines Menschen den Garaus machen konnte, ohne zugleich dem Menschen selber Schaden zuzufügen!

Denn dies war das Grundproblem aller Mittel, die bisher im Kampf gegen die bereits ausgebrochenen Krankheiten im Labor entdeckt worden waren: entweder sie erwiesen sich als zu schwach, um wirklich heilen zu können, oder sie zerstörten in ihrem Eifer nicht nur die Bakterienzellen, sondern lösten auch gleich die Zellen des menschlichen Blutes auf.

Um seinen Feind sorgfältig ausspionieren zu können, züchtete Fleming den Gegner in sogenannten Petrischalen. Gebeugt stand er an seinem Laborplatz und brachte mit ruhiger Hand kleinste Mengen der bösartigen Lebewesen auf flache Glasschalen auf, deren Boden mit einer dünnen gelatineartigen Schicht bedeckt war.

Nun nur noch einen Glasdeckel auf die Schale und ein wenig Wärme im Brutschrank – schon wuchsen Leeuwenhoeks kleine Biester zu kräftigen Kolonien heran, die sich selbst ohne Mikroskop als deutlicher Fleck auf der Nährgelatine zu erkennen gaben.
Immer neue Kulturen der gefährlichsten Bakterienarten züchtete Fleming im Laufe der Jahre auf diese Weise heran, um sie unter seinem Mikroskop beobachten zu können. Wichtig war bei dieser Prozedur einzig, sauber zu arbeiten. Es galt, die Schale vor Verunreinigungen zu schützen, um nach der Bebrütung nicht ein nutzloses Durcheinander aller möglichen Keime vorfinden zu müssen. Und war so ein Mißgeschick doch einmal passiert – nun, dann ärgerte man sich gründlich und beförderte die verdorbene Kultur knurrend in den Mülleimer.
Etwas Ungewöhnliches war eine solche Verunreinigung also nicht; sie war eben manchmal unvermeidbar. Und bot manchmal dem Zufall eine Gelegenheit ...
Im September 1928 befaßte sich der mittlerweile siebenundvierzig Jahre alte Alexander Fleming mit dem genauen Studium besonders übler Bakteriengesellen, den Staphylokokken. Fleming hatte sich bereit erklärt, für ein größeres medizinisches Buch einen Aufsatz über diese Eitererreger zu verfassen, denen er zusammen mit einem Kollegen schon vor einiger Zeit auf die Schliche zu kommen versucht hatte. Doch leider waren die Experimente damals nicht zu Ende geführt worden, da der Kollege das Laboratorium verließ, um eine neue Stellung anzutreten.
Fleming blieb für seinen Artikel also nichts anderes übrig, als alle Versuche noch einmal im Alleingang zu wiederholen. Sorgfältig legte er mehrere Staphylokokkenkulturen an und deckte sie gegen herumfliegende Keime ab. Als es in dem nicht gerade großen Raum stickig zu werden begann, öffnete er wie so oft das Fenster, um ein wenig frische Luft zu schnappen.

Tage vergingen. Endlich fand Fleming wieder einmal Zeit, den, neben all den anderen sich in beeindruckender Vielfalt auf seinem Labortisch stapelnden Experimenten, etwas in Vergessenheit geratenen Staphylokokkenkulturen Aufmerksamkeit entgegenzubringen.

Oder um der Wahrheit den Vorrang zu lassen: Vermutlich hätte sich Fleming auch jetzt noch nicht um die Schalen gekümmert, wäre nicht ausgerechnet jener Kollege bei ihm ins Labor geschneit, mit dem er damals die Staphylokokkenversuche durchgeführt hatte.

Wo lagen die Kulturen denn nur? Ach ja, richtig, dort hinten . . . Mit sicherem Griff angelte Fleming nach einer der Schalen und öffnete den Deckel, um seinem früheren Kollegen die Arbeit zu zeigen.

»O nein, nicht schon wieder!« mag er gedacht haben, als er feststellen mußte, daß die Gelatinemasse an einigen Stellen von dickem Schimmel überzogen war. Vielleicht war der Deckel der Schale nicht sorgsam genug verschlossen gewesen, vielleicht war der Schimmel auch schon während des Aufbringens der Staphylokokken in die Schale gefallen. Darüber nachzudenken war jetzt müßig. Diese Kultur war auf alle Fälle hin. So ein Jammer!

Zum Glück für die Menschheit war Fleming an diesem Morgen jedoch augenscheinlich nicht mit dem linken Fuß aufgestanden. *»Wäre ich schlecht gelaunt gewesen«,* so sagte er später einmal, *»würde ich die infizierte Kultur einfach weggeworfen haben. Mein Verstand hätte von einer jungen Frau ausgefüllt sein können, oder ich hätte unter den Nachwirkungen einer zu schweren Mahlzeit stehen können, oder ich hätte zu träge sein können, es zu merken oder etwas damit zu unternehmen.«*

So aber drehte Fleming, während er sich mit seinem früheren Kollegen weiter unterhielt, die geöffnete Schale spielerisch zwischen den Fingern hin und her. Geistesabwesend betrachtete Fleming dabei den zartgrünen Schimmelrasen,

Alexander Fleming im Labor.

der beinahe hübsch anzusehen war. Plötzlich schärften sich seine Sinne. *»That is funny – das ist aber komisch«*, murmelte er. Denn rings um den runden Schimmelfleck war ein freier, leerer Ring zu erkennen, in dessen Bereich keine einzige Staphylokokke zu entdecken war. Erst außerhalb dieses Ringes war es den Eitererregern anscheinend gelungen, sich auszubreiten.

Merkwürdig – Fleming kannte dieses Erscheinungsbild. Oft genug hatte er es bei den Substanzen beobachtet, die zum Abtöten von Bakterien geeignet waren. Hatte der Schimmel in der Schale den zur Kultur angesetzten Eitererregern die Vermehrung etwa unmöglich gemacht?

Nun, denkbar war dies durchaus. Schon seit einigen Jahrzehnten waren schließlich immer wieder Artikel veröffentlicht worden, in denen von der keimabtötenden Wirkung natürlicher Stoffe die Rede gewesen war. Sogar Pasteur hatte von unbekannten Schimmelkulturen berichtet, die in der Lage waren, Bakterien zu zerstören. Und hatte nicht

Fleming persönlich vor Jahren im Rahmen seiner Forschungen festgestellt, daß selbst Tränenflüssigkeit bakterienhemmende Substanzen enthält?
Zwar hatte sich die Beschaffung des »Mittels« als bemerkenswert kompliziert erwiesen. Gewaltige Mengen Zitronen waren damals gekauft worden, um die »Produktion« anzuregen. Doch die Experimente hatten auf den Petrischalen dasselbe Erscheinungsbild hinterlassen wie der ungebetene Eindringling hier.
Warum also sollte der blaugrüne Schimmelpilz in Flemings Petrischale nicht auch Bakterien töten können? Einen Versuch war diese Frage auf alle Fälle wert. Noch während sein früherer Kollege neben ihm stand, entnahm Fleming mit einer Pinzette aus dem Schimmel eine kleine Probe und gab sie in ein Röhrchen mit Nährgelatine. Der erste Ableger des geheimnisvollen Pilzes war konserviert.
Von der Freude über die neue Spur im Kampf gegen Infektionskrankheiten getrieben, verpflanzte Fleming in den kommenden Wochen immer wieder neue Teile der Schimmelkolonie in saubere, sterile Gelatineschüsselchen und impfte Bakterien hinein.
Die Ergebnisse waren in vielen Fällen verblüffend. Wie bei der durch Zufall verunreinigten Schale waren auch hier alle Keime in der Nähe des Pilzes restlos abgetötet worden. Allerdings mußte Fleming im Verlaufe weiterer Versuche erkennen, daß »sein« Schimmelpilz nicht gegen alle Bakterienarten wirksam war. Der Typhusbazillus kümmerte sich zum Beispiel überhaupt nicht um seinen grünlichflauschigen Nachbarn und wuchs unbeeindruckt weiter. Die Erreger der Diphtherie oder des Milzbrandes dagegen schmolzen durch den angesiedelten Pilz dahin wie Schnee in der Sonne.
Nach diesen ersten Erfolgen züchtete Fleming seinen Schützling beinahe liebevoll in einem größeren Gefäß und fütterte ihn tagelang mir Nährbouillon, bis der Pilz von der

gesamten Oberfläche Besitz ergriffen hatte. Nun zeigte sich, daß die goldgelbe Brühe unter dem Schimmelrasen genauso wirksam war wie der Pilz selbst. Und was noch erstaunlicher war: man konnte sie verdünnen und verdünnen und . . . verdünnen . . ., und sie behielt ihre bakterientötende Fähigkeit in vollem Umfang bei!

Daß solch ein kostbarer Stoff in der Nährbouillon nicht namenlos bleiben durfte, war klar. Sollte Fleming ihn *»Filtrat einer Schimmelbrühe«* nennen? Nein, das klang zu schwerfällig. Lieber hielt sich der Laborwissenschaftler da schon an die eigentliche Abstammung seines neuen Spielzeuges, für das er beim Nachschlagen in Fachbüchern den lateinischen Namen *»penicillium notatum«* ermittelt hatte. Und so wählte Fleming die Bezeichnung *»Penicillin«*.

In der folgenden Zeit entwickelte sich Fleming zum ausgesprochenen Pilzliebhaber. Mit verzücktem Blick betrachtete er jede schimmelige Oberfläche und fragte alle Kollegen und Bekannten, ob sie nicht zufällig ein paar schimmelige Schuhe für ihn übrig hätten. Aber aus allen Versuchen mit anderen Schimmelpilzen ging hervor, daß wirklich nur diese eine, zufällig hereingewehte Spore des Pinselschimmels *»penicillium notatum«* in der Lage war, Bakterien wirkungsvoll den Kampf anzusagen.

So war es tatsächlich die Gunst des Zufalls gewesen, aus der unübersehbaren Vielfalt der existierenden Schimmelarten ausgerechnet diese eine Schimmelspore in die Petrischale mit der angesetzten Staphylokokkenkultur fallen zu lassen. Hätte sich eine andere Schimmelpilzart neben den Eitererregern niedergelassen, so würde nichts geschehen sein. Und wäre dieser Schimmelpilz auf eine andere Bakterienkultur getroffen, so würde vielleicht ebenfalls nichts zu erkennen gewesen sein, da ja nur einige Bakterienarten auf das Penicillin reagieren. Unter Tausenden von möglichen Kombinationen aus Bakterien- und Schimmelpilzarten hielt Fleming eine der unglaublich wenigen in seinen Hän-

den, die eine antibakterielle Wirkung zutage treten ließen. Als Fleming dies zu begreifen begann, hütete er seine Schimmelkolonie wie einen Schatz.
Bald jedoch galt es für das Penicillin, jene Feuerprobe zu bestehen, an der bislang alle in der Petrischale gegen Bakterien wirksamen Mittel gescheitert waren: den Versuch am Lebewesen. Würde das Penicillin die Bakterien auch in einem lebenden Wesen zerstören, ohne dabei die Zellen des Körpers anzugreifen? Nur solch ein Mittel war ja für den Einsatz als Medikament geeignet.
Im Januar 1929, ein knappes halbes Jahr nach der Entdeckung des Penicillins, wagte Fleming daher den entscheidenden letzten Schritt und spritzte gesunde Mäuse mit Penicillin. Bei einem Kaninchen führte er die Injektionsnadel sogar direkt in die Blutbahn des Tieres ein. Nun hieß es abzuwarten. Stunden vergingen, Tage. Endlich durfte Fleming erleichtert aufatmen: Die Substanz, die das Wachstum gefährlicher Bakterien zum Stillstand bringen konnte, war für den Körper der Säugetiere so ungiftig wie gewöhnliche Fleischbrühe!
Die Sache wurde immer aufregender – doch leider auch immer schwieriger. Denn bislang hatte Fleming ja stets nur mit der Nährlösung des Schimmelpilzes gearbeitet, ohne genau zu wissen, um welchen chemischen Stoff es sich bei seinem »Penicillin« in der Lösung eigentlich handelte. Oder um es deutlicher zu sagen: Fleming wußte zwar, daß der Pilz eine hochwirksame antibakterielle Substanz in die Nährlösung abgab, von ihrer Zusammensetzung hatte er dagegen nicht den blassesten Schimmer.
Dabei war es unmöglich, den geheimnisvollen Stoff auch in Zukunft nur zusammen mit der Nährlösung zum Einsatz zu bringen. Für eine breite medizinische Anwendung mußte das Penicillin, was immer es auch sein mochte, rein vorliegen. Fleming war am Ende seines Lateins. Er war kein Chemiker, und selbst im ganzen Laboratorium des St.

Mary's Hospital befand sich niemand, der von chemischen Dingen Ahnung hatte. Aber zur Lösung des Problems war einzig die Chemie gefragt.
In seiner Not bat Fleming daher zwei jüngere Kollegen, für ihn die Bestimmung und vor allem die Reinigung des Penicillins vorzunehmen. Schon bald lasen die beiden dicke Wälzer über Chemie und konstruierten aus Fahrradpumpen und Bettpfannen die abenteuerlichsten Instrumente. Als Lohn für ihren Erfindungsreichtum erhielten die beiden »Chemiker von Flemings Gnaden« allerdings statt reinen Penicillins nur eine unansehnlich braune, sirupartige Masse. Es war, als ob man gegen eine unsichtbare Wand rannte, sobald man versuchte, Penicillin rein darzustellen. So vergingen elf lange Jahre, in denen Fleming als einziger mit stiller Hartnäckigkeit weiter an die Einsatzmöglichkeit seines Penicillins als Medikament glaubte. Auf Vorträgen erntete Fleming mit seinen Beobachtungen nicht mehr als höflichen Beifall, seine Artikel in Fachzeitschriften erzeugten lediglich ungläubiges Kopfschütteln, kein »echter« Chemiker war bereit, für das Hirngespinst des Mediziners die eigenen Versuche aufzuschieben. Und auch den Ärzten des Hospitals, die Fleming regelmäßig um Erlaubnis bat, doch bei Verwundeten mit Schimmelsaft getränkte Verbände anlegen zu dürfen, erschien Fleming bald immer absonderlicher. Zwar konnten sie nicht leugnen, daß die Erfolge seiner äußerlichen Behandlungen mit Penicillin mitunter recht beachtlich waren – aber sie waren nicht überwältigend. Immer wieder verhielt sich das Penicillin einfach zu unbeständig, oft ließ seine Wirkung gerade im entscheidenden Augenblick nach ...
Zu allem Überfluß verdichteten sich in dieser für Fleming so hoffnungslosen Lage die über Europa stehenden politischen Wolken ein weiteres Mal. Der zweite Weltkrieg stand vor der Tür. Sollten wieder Hunderttausende sterben, weil es kein Medikament gab, das die Infektionen ihrer

Wunden wirksam bekämpfen konnte? Dem inzwischen achtundfünfzig Jahre alten Fleming wurde bei solchen Gedanken ganz elend.

Er konnte schließlich nicht ahnen, daß sich gar nicht weit von London entfernt das Blatt bereits zugunsten des Penicillins zu wenden begonnen hatte. Denn im Laboratorium der Oxforder *»Sir William Dunn School«* arbeiteten Bakteriologen und Biochemiker am Rande eines idyllischen Parkes unter auch ansonsten geradezu paradiesischen Bedingungen. Ganz im Gegensatz zu Flemings Laboratorium mangelte es diesem Musterinstitut weder an modernsten Instrumenten – noch an glänzenden Wissenschaftlern.

Ernst Boris Chain (1906–1979) gelang es, die launige »Diva Penicillin« zu zähmen.

Einer dieser Männer hieß Ernst Chain. Er war jüdischer Emigrant aus Deutschland, gelernter Chemiker und beschäftigte sich unter der Leitung seines Chefs Howard Florey mit der Erforschung bakterienhemmender Substanzen. Gelegentlich fand Chain dabei Zeit, in der Bibliothek nach weiterführender Lektüre zu suchen.

Nahezu zweihundert Abhandlungen gab es zu diesem Thema! Doch am vielversprechendsten erschien ihm der Bericht eines gewissen Fleming, den dieser vor zehn Jahren in einer wissenschaftlichen Zeitschrift veröffentlicht hatte. So wie dort stand, war es wohl tatsächlich sehr schwierig, diese sonderbare Substanz, von der die Rede war, chemisch rein darzustellen. Wie hieß sie doch gleich? Ach ja, dort stand es: Penicillin.

Endlich hatte ein Chemiker Appetit bekommen, sich der launigen Diva anzunehmen. Und das Glück war Chain hold. Zusammen mit Florey gelang es ihm, an den entscheidenden Stellen Geld für das Projekt lockerzumachen. Ja, er brauchte nicht einmal an diesen Fleming in London zu schreiben, um die Zusendung einer Schimmelkolonie zu erbitten. Wie Chain nämlich feststellte, war einem früheren Mitarbeiter des Institutes bereits 1935 eine solche Kultur zugesandt worden, die es als ordentlicher Schimmelpilz

keineswegs übelgenommen hatte, jahrelang unbeachtet in einer Ecke vor sich hingammeln zu dürfen.
Entschlossen setzte Chain diesem Nickerchen nun ein Ende. Zwar zeigte die solcherart Wiedererweckte auch dem auf sie angesetzten Oxforder Team zunächst ihre kapriziöse Schulter und vollführte in den Reagenzgläsern so ziemlich alles an Unbeständigkeit, was selbst gestandenen Chemikern die Haare zu Berge stehen läßt. Auch sie lernten zur Genüge jene braune, klebrige Masse kennen, die schon Flemings Helfer entnervt hatte. Ungeheure Mengen des Penicillinsaftes waren notwendig, um immer neue Versuche durchführen zu können. Man züchtete die Brühe in Milchflaschen, Bettschüsseln und Hundebadewannen. Aber schließlich war das Meisterwerk vollbracht: die Oxforder Wissenschaftler hielten Penicillin endlich in reiner und stabiler Form in Händen. Flemings Traum war ohne sein Wissen in Erfüllung gegangen.
Mittlerweile schrieb man Juni 1940, und über Europa tobte der zweite Weltkrieg. Was, wenn das Institut von deutschen Bomben getroffen werden würde? Voller Sorge gingen die Wissenschaftler daran, das Futter ihrer Anzüge mit Schimmelsaft zu durchtränken. So würde es genügen, wenn wenigstens einer von ihnen überleben würde – er hätte Sporen bei sich, um neue Kulturen wachsen zu lassen.
Und weiter gingen die Experimente in Oxford, die nach etlichen Tierversuchen auch Flemings Feststellung bestätigten, daß mit dem Penicillin eine antibakterielle Substanz gefunden worden war, die dem behandelten Lebewesen selbst keinen Schaden zufügte: Die Sensation war vollkommen. Voller Stolz veröffentlichte die Forschergruppe ihre Ergebnisse in einer medizinischen Fachzeitschrift.
Als Fleming diesen Artikel las, gab es für ihn nur noch ein Ziel: er wollte das reine Penicillin mit eigenen Augen sehen. Aufgewühlt bis in die wenigen Haarspitzen setzte er sich in den nächsten Zug nach Oxford und eilte zum Labo-

ratorium der *»Dunn School«*, wo sich rasch zeigte, daß Alexander Fleming auf die Erfolge der Oxforder Gruppe keineswegs eifersüchtig war. Die Freude darüber, »sein« Penicillin nun endlich auf dem besten Wege zu sehen, Beachtung zu finden, überwog alle Enttäuschungen der elf zurückliegenden, nahezu ungenutzt verstrichenen Jahre.
Nach seiner Rückkehr nach London sagte er zu einem seiner treuesten Mitarbeiter: *»Solche Chemiker hätte ich 1929 haben müssen.«*
Im Februar 1941 wurde es das Verdienst Floreys, den ersten Einsatz von Penicillin-Injektionen am Menschen zu wagen. Der Patient war ein Polizist, der durch einen kleinen Schnitt am Mundwinkel an Blutvergiftung erkrankt war. Seine Lage schien aussichtslos.
Auch am ersten Tag der Behandlung ergab sich noch keine sichtbare Besserung im Zustand des Patienten. Erst nachdem Florey sich dazu überwunden hatte, Penicillin in regelmäßigen Abständen direkt in die Blutbahn des Polizisten zu spritzen, erholte sich der Mann sichtlich. Er bekam wieder Appetit und konnte sich sogar im Bett aufrichten. Doch nach fünf Tagen nahm der wunderbare Heilungsprozeß eine tragische Wende: Mitten in der Behandlung ging der bescheidene Vorrat an Penicillin zu Ende. Die im Körper des Patienten noch verbliebenen Bakterien konnten sich wieder hemmungslos vermehren, der Patient starb.
Da nutzte es ihm auch nichts mehr, daß er durch sein Schicksal als erster Penicillinpatient heute in nahezu jedem Bericht über die Geschichte des Penicillins erwähnt wird. Ein mißlungener Versuch also? Aus der Sicht der Wissenschaftler keineswegs.
Schließlich hatte das Penicillin seine Heilkraft am Menschen bewiesen. Und schon drei Monate später freute man sich über die erste von Erfolg gekrönte Penicillinbehandlung. Der Weg zum Medikament, das Millionen Menschenleben retten sollte, war endlich frei!

Nun hieß es, große Mengen des kostbaren Gutes zu produzieren. In England war die Durchführung der ungewöhnlich komplizierten und kostspieligen Herstellung des Penicillins im großen Rahmen jedoch nicht möglich, denn durch den Krieg fehlten der Industrie einfach das Geld und die geeigneten Orte; die Verantwortlichen reagierten lediglich mit höflichem Interesse. So entschloß sich Florey 1941, mit einigen Penicillinstämmen im Handgepäck die Reise nach Amerika anzutreten. Immerhin waren die USA zu diesem Zeitpunkt noch nicht in das europäische Kriegsgeschehen verwickelt, vielleicht stieß man dort auf offene Ohren und – Kapital. Floreys Einsatz wurde belohnt: Innerhalb kürzester Zeit gelang es mehreren amerikanischen Instituten in enger Zusammenarbeit, die Ausbeute der Penicillinproduktion aus Floreys mitgebrachten Kolonien gegenüber den englischen Ergebnissen um ein Vielfaches zu steigern. Ja, sogar das amerikanische Kriegsministerium begann sich für die Angelegenheit zu interessieren und stellte für das Forschungsprojekt Geld zur Verfügung. Floreys Argumentation, daß Penicillin Millionen Verwundeter retten könnte, machte alle mobil.

Howard Walter Florey, 1898–1968.

Und so verkündeten die Plakate an den Baustellen der Penicillinfabriken: *»Ein Wettlauf mit dem Tod! Je schneller dieses Gebäude fertig wird, um so schneller bekommen unsere Verwundeten Penicillin, das neue, lebensrettende Mittel.«* Auch den Lohntüten beigelegte Zettelchen mahnten: *»Die Arbeit, die du jetzt verrichtest, wird dazu beitragen, unsere Verwundeten zu heilen.«* Beides erfüllte seinen Zweck, denn viele Arbeiter, bis hin zu den in den Labors beschäftigten *»Penicillin girls«*, hatten in den Kriegsgebieten Verwandte.

1943 setzte in den USA die industrielle Herstellung des Penicillins ein. Tonnenweise flogen es die Militärflugzeuge daraufhin zu den Kriegsschauplätzen der Welt. Erst 1944 gaben die Militärbehörden das Penicillin auch für die Zi-

vilbevölkerung frei, wobei noch immer jeder einzelne Fall gründlich erwogen wurde.
Nun war auch die Zeit gekommen, dem Vater der *»Wunderdroge«* Dank zu sagen. Alexander Fleming hatte nie daran gedacht, ein Patent anzumelden. Er war nur glücklich, sein Lebensziel verwirklicht sehen zu dürfen, und nahm die vielen Huldigungen, Doktorhüte und Suppenschüsseln aus Silber als Erinnerung an die Nährbouillon genüßlich stöhnend in Empfang. Auf der ganzen Welt wurde Fleming in Laboratorien eingeladen. In einer dieser Forschungsstätten hatte man sich besondere Mühe gegeben, den hohen Gast in einem blankgescheuerten Labor begrüßen zu können. Als Fleming die bewundernswert staubfreien Flächen sah, murmelte er trocken: *»Hätte ich in solcher Umgebung gearbeitet, würde ich nie das Penicillin gefunden haben.«*
Der stets ein wenig scheue Fleming blieb so schlicht wie das einfache Volk, das ihn, wo immer er auftauchte, umjubelte. Vor allem aber vergaß er nie die Hilfe *»Göttin Fortunas«*, wie er es einmal ausdrückte. Selbst als Fleming 1945 zusammen mit Florey und Chain der Nobelpreis für Medizin zuerkannt wurde, hob er bei der Verleihung in Stockholm die Rolle des *»stroke of good fortune«*, des glücklichen Zufalls, hervor, der ihm im September 1928 ausgerechnet jene kleine Schimmelspore durch das Fenster seines Labors gesandt hatte, die schließlich eine Staphylokokkenkultur ruinieren sollte, was er gut gelaunt zur Kenntnis genommen hatte . . .

»IMMER MEHR KOMMEN WIR ZU DEM SCHRECKLICHEN SCHLUSS . . .«

Otto Hahn vollzieht die erste Kernspaltung

Als der Frankfurter Lausejunge Otto Hahn erste Erfolge im Weitspucken von Kirschkernen erzielte, dürfte er wohl kaum geahnt haben, daß es ihm gegen Ende seines sechzigsten Lebensjahres einmal gelingen sollte, noch sehr viel kleinere Kerne kunstvoll zu handhaben – Atomkerne.

Der Wunsch, Chemiker zu werden, war in Hahn schon früh erwacht. Daran konnte selbst ein zum Schlafen langweiliger Chemieunterricht nichts ändern. Um der trockenen Materie etwas Leben einzuhauchen, zweckentfremdete der aufgeweckte Schüler kurz entschlossen die Waschküche seiner Mutter als Chemielabor und stellte dort mit Freunden seine ersten Versuche an. Ob diese chemische Fleißarbeit für seine schulischen Leistungen zweckdienlich war, ist allerdings fraglich, denn die drei glatten Einsen in Otto Hahns Abiturzeugnis zierten nicht die Fächer Physik oder Chemie – sondern Turnen, Singen und Religion.

Aus der Waschküche wechselte Hahn nach Marburg, um Chemie zu studieren und von dort in die Londoner Labors des weltberühmten Chemikers Sir William Ramsay. Unter der Anleitung dieses angesehenen Mannes gelang Hahn im Jahre 1904 seine erste große Entdeckung auf dem noch taufrischen Gebiet der Radiochemie, die Becquerel ja immerhin erst acht Jahre zuvor durch das Aufspüren der natürlichen Radioaktivität ins Leben gerufen hatte. Und da die Radiochemie damit genau wie Otto Hahn noch in den wissenschaftlichen Kinderschuhen steckte und sich Gleiches gerne zu Gleichem gesellt, wurde die Klärung der radioaktiven Familienverhältnisse Hahns Lebenswerk.

Bald erregten Otto Hahns Arbeiten Aufsehen: Dreimal wurde er deshalb in den Jahren zwischen 1914 und 1923

für den Nobelpreis in Chemie vorgeschlagen – doch stets ohne den gewünschten Erfolg. Nach Auffassung des Nobelpreiskomitees hoben sich die Forschungsergebnisse Hahns nämlich in keinem der Fälle deutlich genug von den in früheren Jahren gewürdigten Leistungen anderer Chemiker ab. Nun, diesen »Makel« seiner wissenschaftlichen Arbeit behob Hahn im Jahre 1938 mit Hilfe des Zufalls gründlich. So gründlich, daß der Wissenschaftler das Ergebnis seiner Versuche zunächst selbst nicht fassen, geschweige denn erklären konnte.
Im Vorfeld jener so vollkommen unerwarteten Beobachtung hatte Hahn zusammen mit seiner langjährigen Kollegin Lise Meitner 1934 eine mühsame Arbeit begonnen. Gemeinsam wollten sie den von dem italienischen Chemiker Enrico Fermi entdeckten Transuranen zu Leibe rücken. Denn Professor Fermi war etwas gelungen, wovon alle Chemiker der Welt seit langem geträumt hatten: die künstliche Kernumwandlung.
Der Wissenschaftler hatte dazu verschiedenste reine chemische Stoffe mit Neutronen beschossen und festgestellt, daß durch diesen Beschuß völlig neue radioaktive Substanzen erzeugt werden können. Immer wieder war durch die Neutronenanlagerung an den Atomkern der Kern des beschossenen Stoffes schwerer geworden.
Das interessanteste Ergebnis erhielt Fermi jedoch beim Experimentieren mit dem schwersten und letzten natürlichen Element im Periodensystem: dem Uran mit der »Hausnummer« 92. Hier entstanden Stoffe, die sich nicht mehr in das Periodensystem einordnen ließen. Fermi kam daher zu dem Schluß, daß sich das Uran unter dem Beschuß in noch schwerere künstliche Elemente mit einer Kernladungszahl über 92 verwandelt haben müsse. Seine neu geschaffenen Elemente nannte er *»Transurane«* – ohne allerdings sagen zu können, um welche Substanzen es sich dabei handelte.

Otto Hahn und Lise Meitner. Dahlem, 1919.

Diesen seltsam anmutenden Umwandlungsprodukten des Urans also galt ab 1934 die ganze Aufmerksamkeit Hahns und Meitners.
Und da sich der Radiochemiker und die Kernphysikerin auf dem Gebiet der analytischen Chemie nicht allzu sicher fühlten, gesellte sich als Dritter im Bunde Fritz Straßmann zu den beiden begeisterten Atomforschern am Kaiser-Wilhelm-Institut zu Berlin.
Mit vereinten Kräften beschäftigten sie sich nun mit den von Fermi aufgeworfenen Problemen und versuchten, das Geheimnis der neuen Elemente zu lüften. Dem dabei als Arbeitsgerät dienenden Holztisch mit ein paar Kabeln, Steckern, Drähten, Röhren und Trockenbatterien sah man allerdings nicht an, daß an ihm Versuche durchgeführt wurden, deren Ergebnisse die Weltpolitik Jahre später in ungeahnte Bahnen lenken sollten.

So bedeutungslos der Arbeitstisch wirkte, so wenig aufsehenerregend begannen die Experimente der kleinen Forschergruppe. Zunächst bemühten sich die drei Wissenschaftler, die Versuche Fermis nachzuvollziehen. Sie erhielten die gleichen Ergebnisse. Und sie konnten sich diese auch nicht anders als Fermi erklären: Der Neutronenbeschuß führte zu Atomkernen mit höherer Kernladung, den Transuranen.

So weit, so gut. Was aber verbarg sich hinter den neuen Substanzen? Die folgenden dreieinhalb Jahre penibler Kleinarbeit brachten Hahn, Meitner und Straßmann der Lösung kaum näher. Ja, ganz im Gegenteil: Immer größere Ratlosigkeit machte sich breit, als das wissenschaftliche Dreigestirn bei Versuchen mit Thorium (Element 90) beobachten mußte, daß sich dieser Stoff unter der Einwirkung von Neutronen in Radiumisotope (Element 88) umwandelte. Hier waren also nicht, wie erwartet, höhere, sondern niedrigere Stoffe entstanden. Und wieder wußte nie-

mand, auf welchem Wege. Es war zum Haareraufen. Doch als ob die drei Wissenschaftler in ihrer kleinen abgeschlossenen Welt der Atome nicht bereits mit genug Problemen zu kämpfen gehabt hätten, bereitete ihnen im Jahr 1938 auch noch die Politik größte Sorgen. Die Verfolgung der Juden im Dritten Reich begann immer bedrohlichere Ausmaße anzunehmen. Viele jüdische Wissenschaftler waren Schmähungen und Mißhandlungen ausgesetzt. Auch die Mitarbeiter des Kaiser-Wilhelm-Institutes in Berlin blieben nicht verschont.
Für Hahn gipfelten die Ereignisse in der Flucht Lise Meitners. Denn Lise Meitner war Jüdin. Als Österreicherin und damit Ausländerin hatte sie zwar zunächst noch unbehelligt ihrer Arbeit nachgehen können, später jedoch mußte die Physikerin um ihr Leben bangen. Sie beantragte die Ausreise, die man ihr aber verwehrte. In aller Eile wurde daraufhin von ihren Vertrauten ein heimlicher Fluchtplan ausgearbeitet, der vorsah, die Kollegin so rasch wie möglich illegal ins Ausland zu bringen.
Durch die Hilfe befreundeter Wissenschaftler glückte der achtundfünfzigjährigen auf diese Weise im Juli 1938 die Flucht nach Schweden – doch hinterließ ihr Fortgang eine nicht zu schließende Lücke im Hahnschen Labor. Hahn half sich damit, daß er sofort, nachdem ihm Lise Meitner die Adresse ihres Zufluchtsortes mitgeteilt hatte, mit seiner vertrauten Kollegin in schriftlichen Kontakt trat. So konnte die Atomphysikerin wenigstens aus der Ferne mitforschen und blieb trotz räumlicher Trennung Otto Hahns physikalisches Gewissen.
»Von Physik verstehst du nichts, Hähnchen«, hatte sie oft zu ihm gesagt. Eine Bemerkung, die nach zweiunddreißig Jahren gemeinsamer Arbeit sicherlich erlaubt war.
Lise Meitners Mitarbeit auf Umwegen erwies sich auch bald als dringend notwendig. Denn Ende 1938 zeigten die Versuche Hahns und Straßmanns eines immer deutlicher:

Arbeitstisch, an dem Otto Hahn 1938 die erste Atomspaltung gelang. Darüber das Modell eines Atoms.

Professor Fermis *»Transurane«* konnten ihrem chemischen Verhalten nach so ziemlich alles sein – nur keine Transurane. Vielmehr kamen Hahn und Straßmann zu dem Schluß, daß sich, wie schon beim Thorium, auch beim Neutronenbeschuß des Urans verschiedene Radiumisotope, also geringfügig leichtere Elemente, bilden würden. Diese Annahme wurde in Fachkreisen mit Unbehagen zur Kenntnis genommen. Nach allen bisherigen Erkenntnissen der Kernphysik konnten bei den beschriebenen Experimenten schließlich nur schwerere Elemente entstehen.
Doch Hahn und Straßmann arbeiteten weiter am Nachweis »ihrer« leichten Radiumisotope. Im November 1938 entschlossen sie sich, als Träger für das entstehende Radium bei ihren Versuchen das Element Barium zu verwenden.

Und genau an dieser Stelle begann der Zufall, seine Hand ins Spiel zu bringen.
Warum wählten die beiden Forscher ausgerechnet Barium als Trägersubstanz für die zu erwartenden Radiumisotope? Es standen doch genug andere chemische Elemente zur Verfügung. Aber nein! Wahllos griffen sie zum Barium, womit das Schicksal seinen Lauf zu nehmen begann.
Wie Hahn später in seinen Erinnerungen schrieb, wollten er und Straßmann im Zuge der Experimente aus *»irgendwelchen Gründen«* einen Teil des anfangs zugefügten Bariums wieder abtrennen, um das Radium in möglichst reiner Form zu erhalten.
Doch das Vorhaben klappte nicht: Das Radium und seine Trägersubstanz Barium blieben unzertrennlich. In ihrer Ratlosigkeit versuchten Hahn und Straßmann dieses höchst unwillkommene Phänomen damit zu erklären, daß bei den vorliegenden kleinen Mengen an Radium und Barium die geringen Unterschiede zwischen den beiden Substanzen wohl nicht so einfach zu zeigen waren. Je mehr sich die Forscher aber mit dem Problem der Trennung des Radiums vom beigefügten Barium befaßten, desto unwahrscheinlicher wurde diese Annahme.
Hahn und Straßmann reihten Versuch an Versuch. Schließlich gingen sie dazu über, neben dem verflixten Barium auch andere chemische Elemente als Trägersubstanz zu verwenden, und siehe da: von diesen ließen sich die Radiumisotope ohne weiteres trennen . . .
Am 19. Dezember 1938 schrieb Hahn schließlich ziemlich entnervt an Lise Meitner: *»Es ist jetzt gleich 11 Uhr abends; um 11.30 Uhr will Straßmann wiederkommen, so daß ich nach Hause kann allmählich. Es ist nämlich etwas bei den ‚Radiumisotopen', was so merkwürdig ist, daß wir es vorerst nur Dir sagen . . . Sie lassen sich von allen Elementen außer Barium trennen . . . Immer mehr kommen wir zu dem schrecklichen Schluß: unsere Radiumisotope ver-*

halten sich nicht wie Ra, sondern wie Ba . . . Vielleicht kannst Du irgendeine phantastische Erklärung vorschlagen. Wir wissen dabei selbst, daß es eigentlich nicht in Ba zerplatzen kann . . . Alles recht heikle Versuche! Aber wir müssen doch klarwerden . . .«

Ohne es selbst zu ahnen, leitete Hahn mit diesen Zeilen einen Briefwechsel ein, der in seinen Auswirkungen die Veränderung der Weltpolitik zur Folge hatte.

Lise Meitner antwortete am 21. Dezember: *»Eure Radiumresultate sind sehr verblüffend. Ein Prozeß, der mit langsamen Neutronen geht und zum Barium führen soll? . . . Aber wir haben in der Kernphysik so viele Überraschungen erlebt, daß man auch nicht ohne weiteres sagen kann: es ist unmöglich.«*

Am gleichen Tag schien Hahn sein fehlendes physikalisches Gewissen besonders zu vermissen, denn er schrieb ebenfalls am 21. Dezember:

»Wie schön und aufregend wäre es gewesen, wenn wir unsere Arbeiten wie früher gemeinsam hätten machen können . . . Nun schreiben wir seit gestern unsere Ra-Ba-Beweise zusammen . . . Nach unseren Ra-Beweisen schließen wir, daß wir als Chemiker den Schluß ziehen müssen, daß die drei genau studierten Isotope kein Ra sind, sondern vom Standpunkt des Chemikers aus Ba. Wir können unsere Ergebnisse nicht totschweigen, auch wenn sie physikalisch vielleicht absurd sind.«

Dank der reibungslos funktionierenden Post erhielt Lise Meitner das von Hahn am 22. Dezember fertiggestellte Manuskript über die Bariumergebnisse gerade noch rechtzeitig zum Weihnachtsfest des Jahres 1938. Es dürften nicht zuletzt deshalb unvergeßliche Feiertage geworden sein; denn das Ergebnis der Untersuchungen las sich schlicht unglaublich.

Das schwere Uran mit seiner »Hausnummer« 92 sollte durch den Beschuß mit Neutronen in den leichteren Kern

Barium mit der »Hausnummer« 56 im Periodensystem zerplatzen! War das Unmögliche möglich?
Zusammen mit ihrem ebenfalls als Physiker erfolgreichen Neffen Max Frisch verbrachte Lise Meitner ihr erstes Weihnachtsfest in Schweden also mit nichts Geringerem, als sich den Kopf über die richtige Erklärung des von Hahn und Straßmann geschilderten Vorgangs zu zerbrechen. So schrieb sie am 1. Januar 1939: *»Wir haben Eure Arbeit sehr genau gelesen und überlegt, vielleicht ist es energetisch doch möglich, daß ein so schwerer Kern zerplatzt.«*
Die Kernspaltung, diese von allen Kernphysikern für unmöglich gehaltene Reaktion, war Wirklichkeit geworden. Am 6. Januar 1939 veröffentlichte die Fachzeitschrift *»Die Naturwissenschaften«* die Arbeit Hahns und Straßmanns. Ganz im Gegensatz zu der Brisanz des Themas zeichnete sich der Artikel durch eine außergewöhnlich vorsichtige Ausdrucksweise aus. Hahn und Straßmann getrauten sich nicht einmal recht, in der Überschrift das Wort Barium zu erwähnen.
Der zurückhaltende Stil der Veröffentlichung *»Über einige neuere Untersuchungen, die wir der seltsamen Ergebnisse wegen nur zögernd veröffentlichen«* wirkt mit all seinen »könnte« und »müßte« daher heute rührend; doch ist er aus der Zeit heraus leicht verständlich: Da war es zwei Chemikern auf rein chemischem Wege zufällig gelungen, die Kernspaltung zu beweisen, die nach allen kernphysikalischen Gesetzen als unmöglich galt. Die Physik war bei der ganzen Arbeit überhaupt nicht berührt worden. Es war deshalb für Hahn und Straßmann ungeheuer wichtig, ihre Behauptungen so gewissenhaft und unangreifbar wie möglich zu formulieren.
Überdies fehlte vor allem Otto Hahn zu diesem Zeitpunkt die Kraft, es auf eine wissenschaftliche Auseinandersetzung mit den Fachleuten der Welt ankommen zu lassen. Das berühmteste Experiment Hahns war unter Umständen

abgelaufen, die dem Wissenschaftler arg zusetzten. Hahns Tagebucheintragungen ist zu entnehmen, daß gerade gegen Ende 1938 Privates und Wissenschaftliches um Hahns Zeit konkurriert hatten. Zur gleichen Zeit, da der Beweis der Uranspaltung zum Greifen nahe lag, mußte sich Hahn um die finanziellen Angelegenheiten Lise Meitners kümmern. Wege zum Finanzamt, das Vermieten ihrer Wohnung, behördliche Willkür wollten bewältigt werden. Zudem wurde Hahns Frau 1938 geistig krank und hielt sich monatelang in Kuranstalten auf. Hahn war durch diese Ereignisse derart erschöpft, daß ihm bei Unterhaltungen oft Tränen in die Augen stiegen, wofür er sich sehr schämte.
Es mag tatsächlich dem vorsichtigen Stil der Veröffentlichung zu verdanken sein, daß aus Fachkreisen keine Zweifel laut wurden. Im Gegenteil, die Sensation der Kernspaltung breitete sich wie ein Lauffeuer aus. An den verschiedensten Instituten auf der ganzen Welt wurde nun innerhalb weniger Stunden der physikalische Nachweis der Spaltung vollzogen. Am meisten dürften sich die Kernphysiker landauf und landab dabei wohl darüber geärgert haben, daß sie seit den Versuchen Fermis im Jahre 1934 alle immerzu Kernspaltungen durchgeführt hatten, ohne es selbst zu merken. Keiner war bei den Versuchen auf den Gedanken gekommen, am unbezweifelten Prinzip der Kernphysik zu rütteln, daß sich bei Kernumwandlungen nur dem Ausgangsatom unmittelbar benachbarte Atomarten bilden könnten. Und keiner hatte zufällig Barium als Trägersubstanz eingesetzt . . . Neben der helfenden Hand des Zufalls hatten vor allem die Aufgeschlossenheit und die Hartnäckigkeit Otto Hahns, Lise Meitners und Fritz Straßmanns dem »Unmöglichen« Gestalt gegeben:

$$\overset{92}{U} + \overset{0}{n} = \overset{56}{Ba} + \overset{36}{Kr} + E$$

Das Uran war durch den Neutronenbeschuß in Barium und Krypton gespalten worden, wobei Energie frei wurde.

Bald erwog man allerorten den praktischen Nutzen der neuen Erkenntnisse. Dabei galt die ganze Aufmerksamkeit dem in der Formel so unscheinbar wirkenden E, nachdem Lise Meitner zusammen mit ihrem Neffen nachgewiesen hatte, daß die Spaltprodukte mit großer Energie auseinanderfliegen. Konnte dieser unvorstellbar hohe Energiegehalt der Atomkerne technisch nutzbar gemacht werden? lautete nun die alles beherrschende Frage. Zunächst lag natürlich der enorme Energiegewinn auf der Hand, der die Länder von allen künftigen Energieproblemen befreien konnte. Aber bereits im Januar 1939 wurde auch der Bau einer Atombombe diskutiert. Diese Verwendungsmöglichkeit der Spaltung jagte Hahn einen furchtbaren Schrecken ein. Im Februar bekannte er: *»Wenn meine Entdeckung dazu führen sollte, daß Hitler eine Atombombe bekommt, begehe ich Selbstmord.«*

Explosion der ersten Atombombe am 6. August 1945 über Hiroshima/Japan.

Doch nicht Hitler bekam die Atombombe, sondern die Amerikaner.

Und das, obwohl sich die Verantwortlichen des Dritten Reiches zunächst sehr für die Arbeit Hahns interessiert hatten und die ersten Kriegsjahre für die Gruppe um Hahn in Berlin auf diese Weise recht angenehm verliefen, da man in Ruhe und finanziell unterstützt weiterarbeiten konnte. Im Februar 1942 stand für die deutschen Wissenschaftler jedoch fest, daß der Aufwand zur Herstellung einer Atombombe zu groß sei.

Ganz anders entwickelten sich die Dinge dagegen in den USA. Während Hahn in Deutschland 1943 noch in einer Rede die Ansicht äußerte, daß hinsichtlich der Nutzung der Kernenergie *»die Bäume nicht in den Himmel wachsen«* würden, hatte Enrico Fermi in Chicago bereits 1942 einen Uranreaktor entwickelt. Und die Amerikaner arbeiteten weiter an der Nutzbarmachung der Kernspaltung . . .
Das letzte Kriegsjahr im zerbombten Deutschland verlief für Hahn schließlich alles andere als gemütlich. Hahns jahrzehntelanger Arbeitsplatz in Berlin war im März 1944 durch Bombenangriffe in Schutt und Asche gelegt worden, und Hahn zog mit einigen Kollegen in einen kleinen Ort auf der Schwäbischen Alb um.
Doch der Frieden in Tailfingen, oder besser der Krieg, währte nicht mehr lange. Im April 1945 wurde Hahn von Amerikanern verhaftet und mit neun weiteren deutschen Wissenschaftlern, die ebenfalls über Atomenergie gearbeitet hatten, auf Gut Farmhall in England als *»guests of his majesty«* gefangengehalten.
Für ein Gefangenenlager herrschte auf dem Landsitz eine erstaunlich gute Atmosphäre. Die zehn Männer wurden selten ver-, sondern meist nur abgehört, es gab genug zu essen, man spielte Skat oder Schach. Ja, die Wissenschaftler konnten sogar theoretisch arbeiten, sich im weitläufigen Garten des Gutes bewegen und erhielten täglich die neuesten Zeitungen.
Dieses friedliche Leben zerstörte die Nachricht vom 6. August 1945, die der Welt auf tragische Weise vor Augen führte, wie enorm der Entwicklungsvorsprung der USA war: Amerikanische Jagdbomber hatten die erste Atombombe über Japan abgeworfen.
Statt der von Hahn gefürchteten *»Bäume«* war ein Pilz in den Himmel gewachsen.
Otto Hahn war zutiefst betroffen. In seinen Augen hatte seine Entdeckung der Stadt Hiroshima und ihren Men-

Ein historisches Wiedersehen. Von links: Prof. Fritz Straßmann, Prof. Dr. Otto Hahn und Prof. Heinz Haber.

schen die Vernichtung gebracht. Bis in den späten Abend hinein diskutierte Hahn mit seinen Kollegen und steigerte sich derart in Selbstvorwürfe, daß die anderen Wissenschaftler sich ernstlich Sorgen machten, Hahn würde sich das Leben nehmen. Denn er glaubte, als Entdecker der Uranspaltung auch die Verantwortung für diese Tat der Amerikaner tragen zu müssen. Doch ist dies so? Konnte er bei seiner zufällig gemachten Entdeckung bereits an diese Folgen denken, sie nur erahnen?

Hahns Forschung war wertfrei. Seine Bemerkung vom *»schrecklichen Schluß«* im Brief an Lise Meitner ist wohl eher als Angst vor der bevorstehenden Revolte gegen bestehende physikalische Gesetze aufzufassen, denn als Zukunftsvision, wie später häufig behauptet wurde. Tatsächlich wären die Briefe Hahns an seine Kollegin in Schweden als Hochverrat zu werten, wenn – ja, wenn der Wissenschaftler überhaupt gewußt hätte, worüber er schrieb, welcher Sensation er auf den Leib gerückt war.

Doch für die Bevölkerung wurde Hahn zum Vater der Atombombe. Er wurde beschuldigt, über Lise Meitners Verbindungen in die USA den Amerikanern das Geheimnis der Atombombe verraten zu haben.

Als im November 1945 das schwedische Nobelpreiskomitee Otto Hahn als Preisträger für die Auszeichnung in Chemie bekanntgab, bewies diese Ehrung in den Augen der Öffentlichkeit nur noch mehr die Schuld Hahns am Bau der Atombombe. Was die meisten übersahen: Der Nobelpreis war Hahn rückwirkend für 1944 zuerkannt worden. Die Anerkennung galt also der wissenschaftlichen Leistung, nicht ihrer technischen Anwendung. Das Problem der Kernenergie, ihre Nutzung zu Kriegszwecken, hatte es zu diesem Zeitpunkt noch gar nicht gegeben.

Es war ein dorniger Weg, Otto Hahns Unschuld zu beweisen. Nur langsam sickerte in den Nachkriegsjahren die Wahrheit durch, und Hahn wurde rehabilitiert.

In ihm reifte der Entschluß, künftig gegen allen unmenschlichen Mißbrauch wissenschaftlicher Erkenntnisse zu kämpfen. Er nutzte für dieses Anliegen seine Stellung und seinen Rang. So starb Otto Hahn am 28. Juli 1968 im Alter von 90 Jahren als Entdecker der Kernspaltung – und zugleich als einer der ersten engagierten Gegner ihrer militärischen Nutzung.

Prof. Otto Hahn und Prof. Lise Meitner am Eingang des nach ihnen benannten Instituts in Berlin-Wannsee bei der Einweihung 1959. Die Arbeit der neuen Forschungsstätte soll ausschließlich der friedlichen Nutzung der Kernenergie gewidmet sein.

LITERATURHINWEISE

»ZUFALL IST DAS PSEUDONYM . . .«

Meyers Enzyklopädisches Lexikon, Band 25. Bibliographisches Institut, Mannheim 1979

INS REICH DER KLEINEN BIESTER

Feeser, Carsten: Forsche mit Forschern. Hoch Verlag, Düsseldorf 1974

Gaebert, Hans W.: Der große Augenblick in der Physik. Loewes Verlag, Bayreuth 1974

Illustrierte Geschichte der Medizin, Band 5. Andreas & Andreas, Verlagsbuchhandel, Salzburg 1982

Kruif, Paul de: Mikrobenjäger. Ullstein GmbH, Frankfurt 1980

DAS HERZWEH EINER JUNGEN DAME

Illustrierte Geschichte der Medizin, Band 8. Andreas & Andreas, Verlagsbuchhandel, Salzburg 1982

Kervran, Roger M. D.: Laennec, His Life and Times. Pergamon Press, Oxford 1960

Laennec: Zur Vorgeschichte des Stethoskops. Ein Original-Brief. Verlag »Die Medicinische Woche«, 1900

DIE REVOLUTION AUS DEM NACHTTOPF

Conrad, Walter: Erfinder, Erforscher, Entdecker. Urania Verlag, Leipzig 1972

Heimann, Erich H.: Der große Augenblick in der Chemie. Loewes Verlag, Bayreuth 1976
Prandtl, Wilhelm: Deutsche Chemiker in der ersten Hälfte des 19. Jahrhunderts. Verlag Chemie GmbH, Weinheim/Bergstraße 1956
Sachtleben, Rudolf: Große Chemiker. Ernst Battenberg Verlag, Stuttgart 1960
Valentin, Johannes: Friedrich Wöhler. Reihe »Große Naturforscher«, Bd. 7. Wissenschaftliche Verlagsanstalt M.B.H., Stuttgart 1949

EIN HOLZSCHRANK HAT'S IN SICH

Fassmann, Kurt (Hrsg.): Die Großen der Weltgeschichte, Bd. VII. Kindler Verlag, Zürich 1977
Fehse, Willi: Der zündende Funke. Verlag Ludwig Auer, Donauwörth 1971
Gaebert, Hans W.: Der große Augenblick in der Technik. Loewes Verlag, Bayreuth 1974
Kruse, Georg: Das Licht macht Bilder. Ehrenwirth Verlag, München 1967
Neher, F. L.: Die Erfindung der Photographie. Kosmos, Gesellschaft der Naturfreunde, Stuttgart 1938
Schreiber, Hermann: Vom Experiment zum Erfolg. Arena-Verlag, Würzburg 1969

WIE PHÖNIX AUS DER ASCHE

Bäumler, Ernst: Farben, Formeln, Forscher. Piper Verlag, München 1989
Fassmann, Kurt (Hrsg.): Die Großen der Weltgeschichte. Kindler Verlag, Zürich 1978
Heimann, Erich H.: Der große Augenblick in der Chemie.

Loewes Verlag, Bayreuth 1976

EI VERFLIXT, ES GACKERT NOCH!

Fassmann, Kurt (Hrsg.): Die Großen der Weltgeschichte, Bd.VIII. Kindler Verlag, Zürich 1977
Gööck, Roland (Hrsg.): Menschen, die die Welt veränderten. Bertelsmann Verlag, 1983
Kruif, Paul de: Mikrobenjäger. Ullstein GmbH, Frankfurt 1980
Parish, H. J.: A History of Immunization. E. & S. Livingstone LTD, Edinburgh, London 1965
Pasteur, Louis: Die Hühnercholera. Verlag von Johann Ambrosius Barth, Leipzig 1923

»ICH DACHTE NICHT, ICH UNTERSUCHTE«

Bäumler, Ernst: Auf der Suche nach der Zauberkugel. Econ-Verlag GmbH, Düsseldorf 1971
Conrad, Walter: Erfinder, Erforscher, Entdecker. Urania Verlag, Leipzig 1972
Fassmann, Kurt (Hrsg.): Die Großen der Weltgeschichte, Bd. IX. Kindler Verlag, Zürich 1970
Gaebert, Hans W.: Der große Augenblick in der Technik. Loewes Verlag, Bayreuth 1974
Heimpel, Hermann (Hrsg.): Die großen Deutschen, Bd. 4. Prisma Verlag, Gütersloh 1978
Kuberzig, Kurt: Triumphe der Forschung. Arena-Verlag, Würzburg 1966
Popp, Georg (Hrsg.): Die Großen der Welt. Arena-Verlag, Würzburg 1978

TRÜBER HIMMEL ÜBER PARIS

Bäumler, Ernst: Auf der Suche nach der Zauberkugel. Econ-Verlag GmbH, Düsseldorf 1971

Conrad, Walter: Erfinder, Erforscher, Entdecker. Urania Verlag, Leipzig 1972

Gaebert, Hans W.: Der große Augenblick in der Physik. Loewes Verlag, Bayreuth 1974

Heimann, Erich H.: Der große Augenblick in der Chemie. Loewes Verlag, Bayreuth 1976

Ziemen, Karl-Erik: Strahlende Materie. Bechtle Verlag, Esslingen 1987

DAS HATTE GERADE NOCH GEFEHLT

Bäumler, Ernst: Ein Jahrhundert Chemie. Econ-Verlag, Düsseldorf 1963

Bäumler, Ernst: Farben, Formeln, Forscher. Piper Verlag, München 1989

Fassmann, Kurt (Hrsg.): Die Großen der Weltgeschichte. Kindler Verlag, Zürich 1978

Heimann, Erich H.: Der große Augenblick in der Chemie. Loewes Verlag, Bayreuth 1976

Masson, Irmalotte: Die Levi-Strauss-Saga. Kindler Verlag GmbH, München 1978

Nagel, Alfred von: Fuchsin, Alizarin, Indigo. Aus der Schriftenreihe des BASF-Unternehmensarchivs, Ludwigshafen 1970

Sachtleben, Rudolf: Große Chemiker. Ernst Battenberg Verlag, Stuttgart 1960

EIN SEPTEMBERTAG VOLL GUTER LAUNE

Bäumler, Ernst: Auf der Suche nach der Zauberkugel. Econ-Verlag GmbH, Düsseldorf 1971

Fassmann, Kurt (Hrsg.): Die Großen der Weltgeschichte, Bd. XI. Kindler Verlag, Zürich 1978

Fleming, Alexander: Penicillin und seine praktische Anwendung. Thomas-Verlag, Kempen 1950

Maurois, André: Alexander Fleming – Arzt und Forscher. Paul List Verlag, München 1960

»IMMER MEHR KOMMEN WIR ZU DEM SCHRECKLICHEN SCHLUSS ...«

Fassmann, Kurt (Hrsg.): Die Großen der Weltgeschichte, Bd. XI. Kindler Verlag, Zürich 1978

Gööck, Roland (Hrsg.): Menschen, die die Welt veränderten. Bertelsmann Verlag, 1983

Hahn, Dietrich (Hrsg.): Otto Hahn. List Verlag GmbH, München 1979

Popp, Georg (Hrsg.): Die Großen des 20. Jahrhunderts. Arena-Verlag, Würzburg 1970

3,-